Jens Korbus

Durchs Fenster den Wolken zuschauen
„Die Durchleuchtige Syrerin Aramena" des
Herzogs Anton Ulrich von Braunschweig Wolfenbüttel

Ein Roman aus der Barockzeit

Die Deutsche Nationalbibliothek verzeichnet diese Publikation in der Deutschen Nationalbibliothek; detaillierte bibliographische Daten sind im Internet über http://dnb.d-nb.de abrufbar.

Herstellung und Verlag:
BoD – Books on Demand, Norderstedt
2021 überarbeitete Auflage

Layout und Cover: Manuela Wirtz, www.manuwirtz.de
Coverbild: Wikimedia Commons, Caspar David Friedrich
(1774–1840), Wolkenstudie, Öl auf Papier (1798)

Printed in Germany
ISBN 9783752606775

Jens Korbus

durchs fenster den wolken zuschauen

„Die Durchleuchtige Syrerin Aramena" des
Herzogs Anton Ulrich von Braunschweig Wolfenbüttel.

Ein Roman aus der Barockzeit

Ich habe etwas so schweres übernommen /
meine zwo widrige Verheißungen miteinander zu erfüllen /
da ich das / so mir begegnet /
zugleich verschweigen und offenbaren will.

Anton Ulrich, Die Durchleuchtige Syrerin Aramena, III, 178

Einführung

Anton Ulrich, Herzog von Braunschweig Wolfenbüttel, wurde 1633 geboren. Er war weltklug, willenskräftig, prunkliebend und galt als einer der angesehensten Fürsten der Zeit. 1667 wurde er Statthalter, 1685 Mitregent seines älteren Bruders Rudolf August Herzog und 1704 alleiniger Regent des Herzogtums.

Er mischte sich in den Spanischen Erbfolgekrieg ein. – Gerüchte kamen auf, er würde sich der benachbarten Hannöverschen und Cellischen Gebiete bemächtigen wollen, und Celle und Hannover besetzten postwendend Braunschweig und Wolfenbüttel. Erst 1706 gelang seinem Kanzler Probst von Wandhausen eine Aussöhnung.

1709 trat er geheim, am 11.4.1710 in Bamberg öffentlich zur katholischen Kirche über. Als Regent lebte er hauptsächlich in dem von ihm 1694-95 errichteten Lustschloss Salzdahlum, dessen Gemäldegalerie im Braunschweiger Landesmuseum aufging.

Er erhielt eine sorgfältige Erziehung durch den großen Sprachgelehrten J. G. Schottel und den Dichter S. von Birken; hinzu kam eifrige Pflege der Musik. Er schrieb geistliche Oden sowie zehn Opern, die vom Hofkapellmeister J. J. Löwe, einem Schüler von H. Schütz, komponiert wurden. Je eine Oper nahm er in seine beiden Romane auf. Er starb 1714.

Die Darstellungskunst in Anton Ulrichs Romanen, sein gegliederter, intelligenter Schreibstil zeigen heute noch, wie man ein Großepos schreibt, was Psychologie ist und wie man im 17. Jahrhundert Leser gewann.

Sein erster Roman „Die Durchleuchtige Syrerin Aramena" erschien in fünf Teilen 1669–1673, in zweiter Auflage 1678–1680 und verkürzt auf drei Teile 1682–1686. Anton Ulrich wollte darin, in assyrischer Verkleidung, ein Bild seines Jahrhunderts geben. Die ersten tausend Seiten des fünfbändigen Romans hatte seine Schwester Ursula Sibylle geschrieben, und Anton Ulrich hatte den Roman nach deren Heirat fortgesetzt. Die Freiheit des Willens und die menschliche Vorherbestimmung sind ein Grundtenor des Buches. Der Sprachstil ist ohne jeden Schwulst, nicht unbedingt konventionell und sehr intelligent. Das historisch-politische Geschehen wird mit einem Massenaufgebot an Figuren abgehandelt: „Wie in einem kunstvoll angelegten Planetarium bewegen sich Geschehen und planvolle Handlung um die beiden Brennpunkte Aramena und Cimber." (De Boor/Newald)

1. EIN ROMAN UND EINE GELIEBTE

Herzog Anton Ulrich von Braunschweig Wolfenbüttel wurde in Hitzacker geboren, wo sein Vater mit dreißig Bediensteten einen Hof aufgebaut hatte und später auf den Thron des Teilfürstentums Braunschweig Wolfenbüttel gelangte. Als ehrgeizig und strebsam hat man Anton Ulrich bezeichnet. Er schrieb später in seinem Aramena-Roman über sich selbst, seine ältere Schwester Ursula Sibylle, auch über das, was er als Staatenlenker in seinem Herzogtum Braunschweig Wolfenbüttel in der Welt erlebt hatte. – In assyrischer Verkleidung. Vier Jahre vor seinem Tod trat er zum Katholizismus über.

Seine vier Jahre ältere Schwester Ursula Sibylle hatte ihm die Anfangsgründe des Romanschreibens beigebracht. Manchmal nahm sie seine Hand und legte sie flach auf ihre Brust. Ihr Herz klopfte. Da war er zwölf Jahre alt. Sie saß auf dem Bett, das dem seinen gegenüberstand, lehnte sich zurück und faltete die Hände um die Knie. Er hörte, wie ihr Herz jetzt gleichmäßig und langsam schlug. Es war frühmorgens, noch nicht sieben Uhr. Sollen wir nach draußen gehen? fragte sie. Sie drückten sich am Gesinde vorbei, der Efeu duftete, und sie hörten die Grillen. Sie kamen zu einem Zaun, krochen hindurch und gingen auf den Teich zu. Ich werde einen Roman schreiben, sagte sie. Ihr Kleid raschelte, er sagte nichts und hörte zu. Wir müssen zurück, sagte sie, wenn der Hofmeister aufwacht! Sie hob ihm ihr Gesicht entgegen, und es war ganz weiß. Ursula Sibylle, sagte er. Sie wandte sich zum Gehen und ging die Treppe hinauf zu ihrem eigenen Schlafzimmer. Was wollte sie schreiben? Einen Roman? – Aber es gab doch gar keine Romane. Wenn sie zusammen einen schrieben, seine Schwester und er, so soll es ein Hof- und Welt-Spiegel sein. Er war zwölf, sie war sechzehn. Er musste erstmal so groß werden wie sie, doch seine Fortschritte des Geistes reichten an ihre heran. Bereits in seinem zehnten Jahre wählte ihn das Stift Halberstadt zum Co-Adjutor. Er würde einmal in Helmstedt auf die Universität gehen, dort in der Verwaltung arbeiten und in Theologie eine Doktorarbeit schreiben. Aber seine Schwester war auch in Gedanken für ihn da.

Der verliebte Zimba gedachte in seinem Herzen / dass sie recht hätte geurteilet. Er sahe sich aber in dein von solchen Unterredungen befreiet / durch die Ankunft der Prinzessinnen von Ofir und Gera: Die sich mit der Königin in ein Gespräche von anderen Dingen einließen / Und also diesem Prinzen Gelegenheit gaben / Luft zu schöpfen / geschirr seine wahr Liebe nicht mehr zu bergen vermochte / da doch / in deren Geheimhaltung / seine einige Ruhestunde.

Frei erfundene Geschichten bieten dem Dichter die Möglichkeit, unter der Decke der Wahrheit zu reden, deshalb dachte er, ist nur der Adel zur Dichtung berufen, weil der Roman die Lieblingslektüre des Adels ist und weil der Adel sich seiner Aufgabe besonders bewusst ist: Der Roman als Hof- und Adelsschule! Das Wort Wahrscheinlichkeit konnte ihn dabei nicht abschrecken. Schicksalslose konnten kein wohlgeordnetes, in sich geschlossenes Epos schreiben. Die Prosa bietet sich an. Sie schildert auch den Kampf gegen die Macht der Fortuna, die den Willen manchmal untergehen lässt. Im Gegensatz zu Macciavell. Deswegen müssen die handelnden Personen ihre moralische Kraft bewähren. Psychologie braucht man nicht: Das Gesetz des Romans heißt Handlung. Er, Anton Ulrich würde die ganze Welt aufbieten, um vierundfünfzig Hauptpersonen zu siebenundzwanzig glücklichen Paaren zu machen. Die strenge Bauordnung und das phantasievolle Abbild des Geschauten würden auf die Baukunstwerke seiner Zeit weisen. Mein Gott, Ziegler mit seinen blutrünstigen Grausamkeiten! Seine, Anton Ulrichs Tugenden waren die stoischen Tugenden: Standhaftigkeit und Treue! Geschichte war Lehrstoff und wurde im Roman verklärt. Der Held begegnet der Prinzessin Mirina: *Als ich sie willkomm' hieße / hörte sie diese meine Begrüßung mit einer sonderbaren Majestät an / und zeigte mir dabei zwar ziemliche Höflichkeit / doch also / dass ich wol spüren konnte / wie sie mir als teutschen Geblütes / einen Widerwillen gegen mir / als einen Assyrier / hegete. ... Ich hielte aber / diese neue Liebe / für den Schluss des Himmels: zumal ich über das aus den Gestirnen / in deren Erkenntnis ich mich oft zu üben pflege / ersehnt zu haben vermeinte / dass / aus Kelten oder dem entfernten Lande der Teutschen / mein Heuratstern aufgehen würde.*

Der Verfasser des Romans muss auf jedem Punkte des Geschehens die Lage und die Gruppierung der Kräfte überblicken – eben ein FÜRST. – Dichtung ist immer Gelegenheitsdichtung! Birken hatte es ihm ja vorgemacht und wurde deswegen 1645 in den Blumenorden aufgenommen. Die Pegnitzschäfer waren früher da als die Fruchtbringende Gesellschaft. Harsdörffers *Poetischer Trichter* hatte ihn schon als halbes Kind 1647 zum Dichten gebracht. Seine Schwester hat die ersten eineinhalb Teile der Aramena geschrieben. Er setzte sie fort. Sie liebte ihren Bruder wider seinen Willen, liebte nicht nur ihn selbst, sondern liebte in ihm den harten Propheten und unerbittlichen unbestechlichen Richter über das, was die Ehre ihrer Familie war. Er liebte auch das Zarte, dem Verhängnis anheim gegebene Gefäß ihres Stolzes. Er war ein uomo universale. Von christlichem Humanismus und mystischer Frömmigkeit! Auch von christlicher Toleranz! Tiefe und Reinheit des Empfindens verbargen sich in seinen Kirchenliedern. Die waren 1665 in Nürnberg als *Christ-fürstliches Davids Harffenspiel* erschienen. Er hatte sich das evangelische Gemeindelied zum Vorbild genommen. Und dann die Kavalierstour 1655 bis 1656: Ein Jahr auf Reisen. Über

Frankfurt, Straßburg, Genf und Lyon nach Paris. Schulung in der feinsten Bildung: Schach-, Gitarre-, Tanz- und Fechtmeister brachten ihm alle etwas bei. Schließlich 1695 hatte ihn sein Vater als den „Siegprangenden" in die Fruchtbringende Gesellschaft aufnehmen lassen. Kurz vorher hatte er sich mit der Prinzessin Elisabeth Juliane von Holstein-Norburg vermählt.

Seine Aramena hatte etwas von einer früheren Geliebten in Paris. Die hatte ihn damals mit ihren Künsten ziemlich hartnäckig bei sich behalten. Sie hatte ihn so nahe an sich herangezogen, dass sie bei dem, was sie tat, auch ihren eigenen Tod in Betracht gezogen hatte. Sie fühlte sich damals schon als First Lady of Paris und dachte, er würde ihr bei diesem Ziel helfen. Sie hatte ihn damals intensiv in ihre Familie hineingezogen, traute ihm aber nicht, ob er es ernst meinte. Mit ihr hatte er keine Zukunft. Er war vernünftig. „Maß" hat er in seiner Erziehung genug gelernt, aber nicht plump und auf den ersten Blick seine Autorität zu zeigen. Die beiläufige Sinnenlust sättigt das Gefühl auch irgendwann. Eine Dirne versucht einen Adligen zu unterwerfen. Hier in Paris hatte er sich längst abgewöhnt, zu überlegen, was die anderen über ihn dachten. Das Leiden und der eigene Tod bedeuteten nichts, wie in den Dramen von Catharina Regina von Greiffenberg. Was ihn an dieser Geliebten anzog, war zum Teil die unbewusste Gewissheit, dass sie noch eine bessere Alternative hatte als ihn! Mit dieser Aussicht führte sie einen Zermürbungskrieg gegen ihn. Man bedenke, gegen ihn, einen Herzog, der sowieso nur aus Staatsräson heiraten würde! Sie wollte anderen Schmerz zufügen, ihm, einem Herzog, sie muss sich auch von ihm durchschaut gefühlt haben.
– Begriff sie wirklich nichts?
Das Bewusstsein war keine hinlängliche Waffe. Aber er konnte ja einfach hier weggehen. Ihr macht es auch gar nichts aus, wenn der andere wusste, dass sie Hintergedanken hatte. Wollte sie ihn zugrunde richten? Er hatte den Vorteil, dass er es

erkannt hat. Sie würde ihm solange bleiben, wie sie ihn nicht bekommen konnte! Wenn man die richtigen Gedanken hat, kommt man auch mit den Gedanken weiter! – Wenn man mit jemand zusammen ist, muss man ihn in sein inneres Begriffssystem einordnen! Er hatte ihr etwas von der Handlung der Aramena erzählt, und sie musste gedacht haben, da ist jemand, der meine Welt versteht! Neuerdings redete sie davon, dass sie ein illegitimes Kind wollte. – Er würde sich einfach eine andere Geliebte zulegen! Eigentlich war ihr nur daran gelegen, dass er den richtigen Zeitpunkt zum Absprung verpasste.

2. EIN TRAUM UND WAS DARAN HÄNGT

Heute Nacht hatte er geträumt, er sei in seiner Pariser Wohnung und habe einen hohen Preis gewonnen. Den Literaturpreis der Fruchtbringenden Gesellschaft. In einer Halle, nicht weit entfernt, wartete schon das Publikum. Er sammelte in seiner Wohnung die letzten Manuskriptreste für seine Rede ein. Das Wichtigste stand wohl auf einer Menge kleiner roter Karten, die auf dem Boden verstreut liegen und die er mühsam zusammensuchte. – Endlich hat er sie beisammen! – Seine Schwester Ursula Sibylle wartet unten vor der Halle schon auf ihn und weist ihn wohl in die Versammlung ein! – Ist er zu spät? Den Sinn dieses Traums hätten nicht einmal die Sterndeuter von Ninive herausbekommen. Eine Geliebte ist eine Geliebte ist eine Geliebte, und eine Herzogstochter wartete auf ihn:

Doch legt er sich endlich zu bette / ein unaussprechliches verlangen nach der schönen Aramena ankunft in sich entfindend: welches aber mit einer ungemeinen angst begleitet war / und zwar um so viel mehr / je näher die zeit kame / dass sie sich einfinden sollte. das geringste geräusche / so er vername / erregte bei ihm / wegen ihrer ankunft ein herzklopfen: und wann es dan wieder still worden / stellte sich die traurigkeit ein / dass er vergebens auf sie gehoffet hatte. Mein Gott, wusste Aramena denn nicht, dass neben ihr ein verkleideter Mann lag? *weil die kammer ganz finster war / und man also nichtest sehen konte / laurete er / bis dass sie zu reden anheben würde; welches dan / auch gleich erfolgte / und hörte er diese holdselige stimme also zu ihm sagen: liebste schwester!*

„Teutsche Sprachkunst" wollte er zeigen. Und in seiner Esau-
gestalt, eines Esau, der mit der biblischen Wirklichkeit nichts zu
tun hatte, würde er sich für die gesamte Nachwelt selbst abbil-
den. Natürlich verkleidet, denn die Verkleidung, die Doppelrol-
len, die wiederentdeckten Kinder, die untergeschobenen Kinder
würden das, was seine Schwester Ursula Sibylle in schäferlicher
Manier angefangen hatte, in das Höfische, Heroische und Krie-
gerische münden lassen. Überhaupt hatte diese ältere Dichtung
die ideale Schäferwelt vom realen Leben völlig getrennt. Noch
seine Schwester hatte die Schäferdichtung in den ersten zwei
Teilen der Aramena für etwas völlig Modernes gehalten. Aber
dieser Krieg, der dreißig Jahre gedauert hatte, hatte sie fast zum
Verlöschen gebracht. Opitz war der Wegweiser dieser Dich-
tungsart gewesen. Und Schlesien weit im Osten war jetzt ihr
Zentrum. Opitz hatte sich als stoischer Philosoph gesehen und
hatte viele uneheliche Kinder. In den Gedichten und Schäferro-
manen der Zeit wurde ein Erlebnis auch in den besten Gedichten nie greifbar. Der Schäferdichter war ein Artist. Oft prunkte
er mit seinem Bildungsstoff. Der unerschrockene Mann, der
durch nichts erschüttert werden konnte, war sein Ideal. Gryphius' „Catharina von Georgien" spricht in abgezirkelten Alexan-
drinern, während ihr Soldaten aus dem Dreißigjährigen Krieg
die Därme mit einer Winde aus dem Leib rollen. War das Stoik?
Er, Anton Ulrich, würde die Literatur immer mehr von der
Theologie lösen, seinen Gottesglauben aber nie leugnen.

Ja, Gryphius … Er starb, als er, Anton Ulrich, einunddreißig
Jahre alt war. Er hatte sich mit Gryphius auseinandergesetzt bis
ins Kleinste. – Jetzt wollte er ihn überwinden. Die Trauerspiele
und was man über ihn erzählte: Höhenwege der Literatur oder
seine Unruhe des Daseins. Sein eigenes Dasein würde, bis auf
die Geisteskriege, die er zu führen gedachte, ruhig und stoisch
bleiben. Er würde die höfische Sprache zur Hauptsprache erheben. Den Gegensatz von Zeit und Ewigkeit gab es bei Gryphius. Das waren aber nur Worte. Über allem thronte natürlich

Gott. Für den hatte er seine Kirchenlieder geschrieben. Als er mit siebenundsiebzig zum katholischen Glauben übertrat, hatte er zurückgeblickt und wusste, dass er den Übertritt eigentlich Gryphius verdankte. Gryphius hatte auf ihn gewirkt, ihm konnte sich zu seiner Zeit niemand entziehen.

Die Schaurigkeit des Jenseits und die Furcht vor der Hölle hatte keiner so wie er zu schildern gewusst. Alles bekam erst durch die Beziehung zum Göttlich-Überirdischen seinen Sinn. Die geistige Welt spiegelte sich in den irdischen Vorgängen. Durch Gryphius war auch er, Anton Ulrich, wenn auch spät, den Ausstrahlungen des Katholizismus verfallen. Er, Anton Ulrich, glaubte nicht an die Unsicherheit des Daseins wie Gryphius. Das hatte er mit seinem Leben und seinem Werk bewiesen. Seine Romane waren Diesseitserlebnisse gewesen, Gryphius' Dramen nicht. Aber in beiden konnte der christliche Stoizismus triumphieren. Nichts war imstande, den Helden von seinen sittlichen Grundsätzen abzuwenden. Er, Anton Ulrich, und seine Schwester Ursula Sibylle waren so stark miteinander verbunden, dass man in dem Aramena-Roman zwischen den ersten eineinhalb Bänden, die Ursula Sibylle geschrieben hatte, und den seinigen kaum einen Unterschied erkennen konnte. Sie kamen beide aus der gleichen Welt. Ob es Individuen in dem Roman gab? Er, Anton Ulrich, war doch ein Individuum! Aber ein höfischer Mensch erschien nur unter höfischem Sehwinkel als Person. Es gab im Roman drei Aramenen. Die zeigen einige der vielen Facetten seiner Schwester!

Es sind / dieser Art Historien / vor allen anderen Schriften / ein recht-adelischer und darbei hochnützlicher Zeitvertreib / sowohl für den / der sich schreibet / als für den / der sie liset: Wie dann auch die jenigen / so der gleichen geschrieben / meist entweder vornehme stands = und sonsten adeliche Personen / oder doch Leute gewesen / die mit solchen Personen Kundschaft gepflogen haben. Ja, er würde ein Geschichtenerzähler werden, er Anton Ulrich, auf den die Welt stolz zurückblicken würde. Siegmund von Birken hatte in der Vor-Ansprache niedergeschrieben, was er, Anton Ulrich, mit der Aramena hat bewirken wollen: *Unter diesem grausamen Gefechte / eilete die schöne Königin von Ninive / die nach dem sie mit Schrecken und Entsetzen erwachet / ihre Nachtkleider angelegt hatte / oben auf das Dach des Hauses / begleitet von der Prinzessin Ammornide / der Fürstin Perseis / der Dersine / Siringe und Merone: Von dar sie dem Streit zusehen / nicht anders denken konnte / als das Belochos sie wolte entführen lassen.* Ja, er hätte seine Schwester gerne entführt, die erst spät geheiratet hatte, weil sie für ihren Bruder leben und nicht von ihm lassen wollte. Dann hatte sie aber doch mit vierunddreißig Jahren geheiratet, weil sie einen eigenen Hof halten und eigene Leute nach oben bringen wollte. Er erinnerte sich an das letzte Gespräch mit seiner Schwester im Schloss, als er zwölf war und sie sechzehn.

Wieviel Uhr ist es?
Ich weiß nicht.
Sie schliefen in einem Zimmer und sie tastete auf ihrem Bett herum. Sie wollte ihm ein Blatt zeigen, das sie beschrieben hatte, fand es aber nicht.
Komisch, da sitzt man und lässt was fallen und muss dann ewig herumsuchen. Hört das denn gar nicht mehr auf?
Er hielt sie fest. Ich bin stärker als du.
Sie war starr und unnachgiebig. Ihr Nachtkleid raschelte, aber es rührte ihn nicht. Geh wieder ins Bett, sagte er. Ich möchte mit dir zusammen ein Buch schreiben, sagte sie.
Ich wollte, du wärest tot, antwortete er. Geh wieder ins Bett. Sonst wecken wir unsere Eltern.
Du kannst mir nichts befehlen, sagte sie.

Sie schliefen wieder ein. Nur im Schlaf hatten sie die Ruhe des Gemütes, das Vollkommene, die tranquilitas amini. Die „Gestalt" seiner Schwester war Ausdruck ihres Wesens. *„Aus der Ordnung kommt alle Schönheit her, und diese Schönheit erweckt*

Liebe." Hatte Leibniz gesagt. Die Sinnenwelt affiziert das Gemüt. Auf der anderen Seite stehen Geist, Vernunft und Wille. Eine Vermittlung dieser beiden Seiten ist nur durch die unio mystica möglich. Deren Wesen aber spiegelt sich in der Gestalt, der forma, also der Schönheit. Sie ist das Inbild der Geistperson. Sie wird in der Gestalt fassbar, aber nicht durch sie erklärbar. Schönheit ist Augenweide. Und die Empfindungskräfte des Herzens offenbaren sich nur in „edlen Formen": *Tarsis sahe hiermit seine Eldane an / und wie die errötete und ihn anlächelte / vermeinte er / keiner ferneren Überredung nötig zu haben / weil sie ihn so gütige Gedanken ihres Herzens lesen ließe.*

Er hatte seiner Schwester seinen letzten Traum erzählt. Er breitete eine Art Schleier über eine üppige nackte Frau, die nass, wohl vom Bade ist und die er abtrocknen muss. Er steht vor ihr, sie liegt rücklings auf einem Bett. Er beugt sich schützend über sie und denkt: Wenn die Toten erwachen! – Er weiß nicht, was sie dazu sagen wird, wahrscheinlich, dass der Traum mit ihr nichts zu tun hat. Sie kann doch auch Träume deuten und über die Wirklichkeit schreiben:

Denn durch bloße Fabeln / wird man dem Spielschauer keine Gemütsbewegung abgewinnen. In die wahrhaftige Spielgeschichte / kann man Umstände und Begegnise einstreuen / die darbei sich begeben können. An diese Vorgabe haben seine Schwester und er sich in der Aramena nicht gehalten. Was in diesem Roman passiert, ist ungeheuerlich. Und die Leser haben es ihnen gedankt. Und vor ihren Roman hat Birken eine Vor-Ansprache zum edlen Leser gesetzt: *Die dritte Art der Geschichtschriften / die Geschichtgedichte / tragen entweder eine wahrhaftige Geschicht unter Vürhang erdichteter Namen verborgen / sind in ihren Umständen anderst geordnet / als sie sich begeben / und ihre Historie ist mit anderen Umständen vermehrt / die sich wahrscheinlich begeben können: Oder es sich ganz / erdichtete Historien / welche der Verfasser erfunden.*

Es war früher Abend. Durchs Fenster hatte er den Wolken zugeschaut. In seinem Aramena-Roman hatte er verborgen, was ihm durch den Kopf gegangen war. Die Scheiben waren beschlagen, und er wusste nicht, was es heute zum Abendessen geben würde. Mein Gott, sein Sohn August Friedrich, der mit neunzehn Jahren bei der Belagerung der Festung Philippsburg fiel. Seine Frau Elisabeth Juliane hatte es noch härter getroffen. Die Hand, die auf den Aramena-Aufzeichnungen liegt, wird immer schwerer. Er hatte das Gefühl, im Leben etwas verpasst zu haben.

3. DER GROßE KRIEG UND WAS LEIBNIZ DAZU SAGT

Der Krieg hatte ihn auch nicht sonderlich berührt. Erst in drei oder vier Jahrhunderten wird man erkennen, was dieser Krieg für eine deutsche Katastrophe war. Ein Krieg, in dem es nur vier wirklich große Schlachten gegeben hatte und der erstmals keinen Unterschied zwischen Kombattanten und der Zivilbevölkerung machte. Es war zunächst ein Religionskrieg, dann zunehmend ein reiner Machtkrieg. Tilly, ein katholischer Feldherr. Wallenstein, ein Regierungsfürst. Beinahe der ganze Gebrauch, den Spanien und Österreich von ihren ungeheuren Kräften machten, war gegen die neuen Meinungen und ihre Bekenner gerichtet. Die Trennung in der Kirche hatte in Deutschland eine fortdauernde politische Trennung zur Folge. Staaten, die kaum füreinander vorhanden gewesen waren, erhielten durch die Reformation einen wichtigen Berührungspunkt! Wären es übrigens nur Menschen gewesen, die die Gemüter trennte! – Wie gleichgültig hätte man dieser Trennung zugesehen! Aber an diesen Meinungen hingen Reichtümer, Würden und Rechte, ein Umstand, der die Trennung unendlich erschwerte. Dieser Krieg war eigentlich ein Erschöpfungskrieg gewesen, mit dem er nichts zu tun haben wollte. Die wahren Dramen spielten sich in den Kabinettszimmern ab. Kriegsgrund wäre für ihn nur sein eigenes Staatsinteresse gewesen. Und mit seinem Übertritt zur katholischen Kirche 1709 heimlich in Braunschweig hatte er der Bewahrung der neuen Religion in seinem Herzogtum eine Wunde gerissen. Aber im Westfälischen Frieden von 1648 war neu festgelegt worden, dass bei einem Konfessionswechsel des

Landesherrn der Religionszustand der Bevölkerung von 1624 weiter galt. So konnte er seinen Untertanen ihren alten Glauben lassen.

Er hätte vielleicht auch einen Zwangsübertritt seiner Bevölkerung in Kauf genommen, wenn er daran politische Bedingungen hätte knüpfen können. Aber er hatte keine. Er verließ sich später nur auf die Heiratspolitik mit seinen Enkelinnen. Ab seinem zehnten Lebensjahr, also ab 1643, konnten er und seine Geschwister nahezu unbehelligt von den Kriegswirren in einer wieder aufblühenden höfischen Kultur aufwachsen. Denn mit dem Goslarer Separatfrieden von 1642 war das Welfenhaus aus dem Kriegsgeschehen ausgetreten. Gryphius hat den Geist dieses Krieges am besten eingefangen:

Ich seh wohin ich seh / nur Eitelkeit auf Erden /
was dieser heute baut / reißt jener morgen ein /
wo itzt die Städte stehen / so herrlich / hoch und fein /
da wird in kurzem Gehen ein Hirt mit seinen Herden:
Was itzt so prächtig blüht / wird bald zutreten werden:
Der itzt so pocht und trotzt / lässt übrig Asch und Bein /
nichts ist / dass auf der Welt könnt unvergänglich sein.

Die äußeren Verwüstungen, die dieser Krieg in Deutschland angerichtet hatte, hatten das Land so weit zurückgeworfen, dass es Jahrhunderte dauern würde, bis sie ganz überwunden sein würden. Aber auch auf geistigem Gebiet, SEINEM Gebiet, hatten die Jahrzehnte des Krieges eine geistige Verödung mit sich gebracht, gegen die nur einer wie er vorgehen konnte: Mit seinen Romanen, die die Denk- und Handlungsweise seiner Zeit am assyrischen Beispiel dokumentieren würden. – Dennoch hatte die jetzt offensichtliche Verewigung und Pazifizierung des konfessionellen Gegensatzes einen bleibenden Schaden für Deutschland und Europa bedeutet. Er hatte, zusammen mit seinem Freund Leibniz, versucht, die Pole wieder zusammenzubringen und die Trennung der Konfessionen aufzuheben. Aber es war misslungen. Er selbst hatte im Alter mit seinem Übertritt zum Katholizismus noch einen Versuch geschafft. Er hatte in beide Konfessionen hineingeschaut.

Der Krieg war doch zu Ende gegangen, die Leute hatten lange nicht daran geglaubt und beobachteten argwöhnisch die Obrigkeiten. Gott war die Ur-Monade, und nach der Prästabilisierten Harmonie von Leibniz hatte der Frieden einfach kommen müssen. Gott hatte alle Substanzen so geschaffen, dass sie mit allen anderen in jedem Augenblick in genauer Übereinstimmung stehen mussten. Leibniz' Prästabilisierte Harmonie galt für alle Wesen. Nur kam es ihm, Anton Ulrich, merkwürdig vor, dass es dreißig Jahre hatte dauern müssen, bis die Harmonie zustande kam. Leibniz hatte auch als Politikberater gearbeitet und war nicht der Unbedarfteste gewesen. Alles lief darauf hinaus, dass die Körper wirkten, als ob es keine Seelen gäbe, und dass die Seelen wirkten, als ob es keine Körper gäbe. Gott hatte die beste aller möglichen Welten erschaffen. Aber das metaphysische Übel bestand in der Endlichkeit der Welt. Sie war nicht zu vermeiden, wenn Gott eine Welt schaffen wollte, die nicht Gott war. Leiden und Schmerz gehen mit Notwendigkeit aus diesem metaphysischen Übel hervor, da geschaffene Wesen nur unvollkommen sein können und nicht Gott gleich. Zudem muss ein geschaffenes Wesen in seiner Unvollkommenheit notwendig fehlen und sündigen, vor allem, wenn ihm Gott die Gabe der Freiheit verliehen hat. Was konnte man dagegen sagen? Leibniz hatte kein festes System hinterlassen. Und er wusste, dass uns die Sinneswahrnehmung die Welt als ein im Raum ausgedehntes Kontinuum zeigt. Gibt es an sich keinen Raum? Und schließen sich prästabilisierte Harmonie und menschliche Willensfreiheit nicht eigentlich aus? Er würde noch einmal in seinen Briefwechsel mit Leibniz hineinsehen. Wahrscheinlich konnte man Leibniz' Gedanken nie zu Ende denken. Und eine Philosophie ohne Widersprüche gab es nicht.

Mein Gott, Leibniz, er war der Größte. Für seine, Anton Ulrichs Zeit waren das höchste Gut die Glückseligkeit, die Vollkommenheit und die Ruhe der Seele. Nur der Staatsmann und Weltenlenker konnte es dazu bringen, diese drei Ziele zu vereinigen. Er fühlte sich wohl hier im Schloss Wolfenbüttel, der Residenz der Herzöge zu Braunschweig und Lüneburg. Dieses weitflüglige, langgestreckte Gebäude mit den unzähligen, strengen Fensterreihen und dem hellen Hausmannsturm, der aus seinem Dach ragte. Sein Glück, dass er nicht nach fürstlichem Herkommen verheiratet wurde. Was wie eine der üblichen Versorgungsehen ausgesehen hatte, war eine wirkliche Liebesverbindung. Schon früh hatte er seinem Vater gestanden, dass er eine „Affektion" für seine Cousine gefasst hatte. Diese, Elisabeth Juliane von Schleswig-Holstein, eine Nichte der zweiten Frau seines Vaters, war im Jahr 1651 zusammen mit ihrer nächstjüngeren Schwester Dorothea Hedwig am Wolfenbüttler Hof aufgenommen worden, um den Mädchen aus dem überschuldeten dänischen kleinen Herzogtum ein standesgemäßes Auskommen zu ermöglichen.

Er hatte wirklich Glück gehabt, dass seine Liebe gerade auf sie gefallen war und mit den Standesehen im Einklang stand. Mein Gott, ihre dreizehn Kinder, das war auch nichts Kleines. Sieben davon hatten immerhin überlebt, was für die Zeit auch ganz ungewöhnlich war. Sein älterer Bruder Rudolf August hatte es auch nicht schlecht hinbekommen. Nach dem Tod seiner ersten Frau hatte er 1681 deren Kammerzofe Rosine Elisabeth Menthe geheiratet. Rosines Verhalten war nie echt oder spontan gewesen. Alles ging nach ihrem Willen, sie plante nichts und wartete immer bis auf den letzten Augenblick. Der Liebesakt war für sie etwas Alltägliches, wie Haarewaschen.

Eigentlich wäre sein Bruder als Witwer auch alleine zurechtgekommen. Sie muss vor dem Tod seiner Frau einmal zu Rudolf August gesagt haben: „Ich kann auch mit meinen Augen für dich sehen!" – Skrupelloser kann man doch gar nicht lügen!

Von einem frommen Evangelischen wie seinem Bruder konnte man doch gar nichts anderes erwarten, als dass er auf solche Worte hereinfiel. Ja, evangelisch war sein Bruder, und er, Anton Ulrich, betrieb energisch die Annäherung von lutherischem Protestantismus und katholischer Kirche. Wenn er geschickter gewesen wäre, hätte es vielleicht gereicht. Er sah noch einmal sein Porträt an der Wand an. Ja, das war er, Anton Ulrich von Braunschweig Wolfenbüttel. In einer roten Mantilla mit einer riesigen gefächerten, gebundenen Fliege unter dem Kinn. Wenn man das Bild von seinem Bruder Rudolf August sah, hätte man meinen können, sie wären Zwillinge. Aber zwischen ihnen lagen fünf Jahre.

Beide hatten das schmale, auch schmallippige, dünne Gesicht, feingeistig, ästhetisch, er vielleicht etwas mehr in sich selbst ruhend als sein Bruder. Er hatte stahlblaue Augen, sein Bruder dunkle. Auf seinem Kopf wölbte sich die braune Allongeperücke, gelockt und künstlich, die ihm auf der linken Seite fast bis zum Bauchnabel reichte. Er war ein Sinnbild herrscherlicher Eleganz und eines Dichterfürsten von Adel. Seine Frau, die Herzogin Elisabeth Juliane, sollte immerhin siebzig werden, älter als die meisten Frauen, auch Fürstinnen ihrer Zeit. Er hatte sie sehr geliebt. Er erinnerte sich, dass sein Vater, Herzog August der Jüngere, fast zweihundert Frauen als Hexen auf den Scheiterhaufen geschickt hatte. Dagegen konnte man sich nur als milde und tolerant bewähren. Er würde diese Tugenden auch in seinem Roman von der Durchleuchtigen Syrerin Aramena zugrunde legen. Er hatte einen Roman geschrieben, der nicht nur die gesamte fürstliche und höfische Welt aufhorchen ließ. Insgesamt mehr als neunundzwanzig fürstliche und hochfürstliche Ehen darin. An ihnen entschied sich das Schicksal eines ganzen Landes. Aber auch der Zufall wirkte: Verwechslungen, Verkleidungen, Kindesunterschiebungen und fremde Namenszulegungen. Fürstlicher Schach mit dem Schicksal von Völkern und Menschen. Zufällen, Verwicklungen und Gewalttätigkeiten steuerten das Geschehen. Delbois-Aramena, lange die Verlobte ihres Bruders, erhält erst am Schluss in Mesopotamien nach vielen Verkennungen und Irrungen dem geliebte Cimber zum Gemahl.

Er, als Fürst, konnte gar keinen anderen als einen politischen Roman schreiben. Erst gegen Ende des Romans geht es den syrischen Ländern wie dem Herzogtum Braunschweig-Wolfenbüttel. Sie kommen durch schwere Kriegsschicksale zur dauernden Ruhe. Mit dieser Ruhe tritt auch ein Generationswechsel ein. Eineinhalb Jahre Romanzeit in fünf jeweils siebenhundert Seiten betragenden Bänden. Und die Geschichte spielt fünfhundert Jahre nach der Sintflut. Auf dem Berg Ararat stehen noch Reste der Arche Noah. Die Namen sind alle aus der Bibel. Bis zum Schluss ist die historische Fassade aufrecht erhalten. Es wurde fingiert, ein keltischer Barde habe die Geschichte auf Bleitafeln geschrieben, die später einige Wegstunden von Wolfenbüttel gefunden und ins Hochdeutsche übertragen wurden. Aber Welt und Menschen sind die des 17. Jahrhunderts.

Natürlich kannte Anton Ulrich die spanischen und italienischen Romane. Die Grundkategorie des Lebens darin war die Täuschung, das Misstrauen eins der stärksten Motive für das menschliche Handeln. Handeln war im Wesentlichen Intrigieren. Glück bestand darin, dass der volle und ungestörte Genuss der Liebe garantiert ist. Und über Bezüge zur sogenannten Wirklichkeit konnte er nur lachen. Das Wortkunstwerk ist aus Worten gebildet. *Niemand ahmt unseren Herren besser nach als ein Erfinder von einem schönen Roman* hatte Leibniz geschrieben.

4. SCHWESTERGEDANKEN

Seine Schwester war tot. Lange hatte sie es in ihrer Ehe nicht ausgehalten, trotz der vier Kinder. Ihr Mann hatte sie mit Syphilis infiziert, und so war sie nach der Geburt ihres vierten Kindes dahingesiecht. Sie war zusammen mit diesem klitzekleinen Kind beerdigt worden. Er erinnerte sich daran, wie er seine Schwester betrachtet hatte. Ein straffes Band, das ihr gekräuseltes Haupthaar zurückdrängte. Das Gesicht dadurch fast nackt, und wenn man sie so sah mit ihren sanft nach links blickenden Augen, konnte es geschehen, dass man an ihrer wirklichen literarischen Bedeutung vorbei sah. Sie trug fast nie ein Dekolleté und hätte auch Stiftsdame werden können. Er hatte Ritterspiele gelernt, sie Tanzen und Handarbeit und Französisch. Sie konnte schon als Kind in einer stillen Weise eigensinnig sein. Einmal hatte sie sich mit ihm über ihren Mann unterhalten. Und das Gespräch hatte ihm gezeigt, dass dieser Christian von Schleswig-Holstein Laster verbarg.

Aber ihre Ehe befand sich in vollkommenster äußerer Ordnung. Kaum Streit, kaum Meinungsverschiedenheiten, vielleicht deshalb, weil Ursula Sibylle ihrem Mann ihre Meinung in keiner Frage anvertraute. Er hatte sich über den Geschmack und die Antworten, die sie ihm gegeben hatte, auch durch die Beobachtung gefreut, die sich in den Antworten aussprach. „Ich habe nie begreifen können, wie man mit einem solchen Mann hat leben können?" hatte er über ihren Ehemann gesagt. Ihr Motiv konnte nur die Schaffung eines eigenen höfischen Lebenskreises gewesen sein. Ihre Geständnisse damals hatten Ursula Sibylle Überwindung gekostet, und er hatte vermocht, ihr entgegenzukommen. Er war dank der Kraft seiner Seele immer frei von den Vorurteilen seiner Zeit gewesen. Obwohl ihr Mann Christian eine männliche Vorstellung von der weiblichen Schwäche hatte, war sie viel begabter und gewandter als er. Es schien demütigend zu sein, mit einem Menschen zu leben, den man nicht liebte; trotz eigenem höfischem Wirkungskreis. Am Ende hatte sie Christian sogar verachtet.

Anton Ulrich kannte einige leidenschaftliche Frauen, die ihren Männern auch ohne Liebhaber durchgegangen waren. Das waren seiner Ansicht nach die besseren Frauen. Sie wollten einfach nicht, dass sich ein fremdes Wesen an ihrer Seite breitmachte. Was war eigentlich Schicksal? Fortuna? Er wollte gerne wissen, was Schicksal war, und hatte es nicht einmal in der Durchleuchtigen Aramena darstellen können. Es kam wohl auf das Ziel an. Vielleicht hatte er sich von der Politik und der politischen Masse hinreißen lassen, und ein persönliches Schicksal gab es gar nicht. Aber den Geist seiner Zeit konnte er nicht hinter sich lassen. Alles, was nach diesem ungeheuerlichen Krieg geschehen war, trug aber schon den Keim des Wechsels in sich. Leibniz hatte dem auch zugestimmt, trotz seiner Enttäuschung, dass die Auflösung einer einzigen Religion in dem Maße zugenommen hatte, als die äußere Auflehnung dagegen zugenommen hatte.

Er sah sich im Raum um. Er saß im Antichambre seines Appartements im Wolfenbütteler Schloss. Der rechteckige Raum war etwas größer als das benachbarte Audienzzimmer. Licht fiel durch drei in die Nordwand eingelassene Fenster. Die Wände der Eingangs- und Fensterseite stammten noch aus dem 16. Jahrhundert. Man hatte die frühere Mühlenstube entkernt und stattdessen das Appartement unterteilende leichte Trennwände aus Fachwerk eingezogen. Man hatte schließlich den Kamin und die kassettierten Pfeilervertäfelungen erneuert. Die Paneele waren Kopien der noch erhaltenen Wandverkleidung des Audienzgemaches. Ursprünglich hatten Wirkteppiche an den Wänden gehangen. Hier versammelten sich täglich Hofbeamte, Geheime Räte, ausländische und heimische Besucher. Er musste hindurch, wenn er in das Appartement seiner Gemahlin ging. Adlige, aber auch bürgerliche Besucher gingen hier ein und aus. Pagen servierten Getränke und kleine Speisen, und man hatte Glücksspiele und rauchte Pfeife.

Er blickte auf den weißen, hohen Kamin mit dem Bildnis seiner Gattin Juliane Elisabeth darüber. An der anderen Seite ein wandgroßes Gemälde, das die Vernichtung des Heeres des assyrischen Königs Sanherip vor Jerusalem im Kreuzzug darstellte. Ähnliche Bilder hatten auch die Vorzimmer in seinem Lustschloss Salzdahlum geschmückt. Tobias Querfurts Gemälde war kolossal und apokalyptisch. Die gemetzelten Leiber bevölkerten die Mitte des Bildes, rechts sprang ein aufgestörtes, weißes Schlachtross in den Bildrahmen. Er wollte aufstehen und geriet mit seinen Schuhen in die gedrechselten Füße seines Schreibtischs, den er 1694 hatte bauen lassen. Fast wäre er auf dem persischen Teppich, der sich unter dem Schreibtisch und mit grünem Chintz bezogenen Sitzstuhl ausbreitete, ausgerutscht. Links vom Kamin ein Reiter mit ausgestrecktem rechten Arm auf einem weißen Schlachtross. Er wusste gar nicht mehr, wen das Bild darstellte. Die Intarsien des Fußbodens gingen auf Musterdesigns von Charles Auguston d'Aviler zurück.

Er ging hinüber ins Audienzzimmer. Sein Appartement und das seiner Gattin war spiegelsymmetrisch als appartement double angelegt. Das zwischen den Appartements liegende Essgemach übernahm dabei die Funktion einer Spiegelachse. Drei Fenster hatte man zu Fenstertüren erweitert, nachdem man eine Galerie vorgelagert hatte, damit Licht in den rechteckigen Raum fiel. Eine Tapetentür führte zu einer schmalen Verbindungsgalerie. Das Deckenfenster wieder von Tobias Querfurt. Es zeigte eine Allegorie auf den Triumph über die unterworfene Stadt Braunschweig im Jahr 1671. Querfurts Bilder waren alle von dem Italiener Paolo Veronese angeregt worden. Nur die Geheimen Räte, der Kanzler und ausnahmsweise auch Hofkavaliere durften das Audienzzimmer betreten. Auch Gesandte aus den Nachbarländern, die in der Chambre d'Audience vorsprachen. Abends gab man hier manchmal auch Konzerte für die Hofgesellschaft. Auf einem kleinen Podest stand ein schwerer rot bezogener Sessel, auf dem er seine Audienzen abhielt. Links davon ein äußerst naturgetreuer, der Wirklichkeit nachgebildeter Farbiger mit nacktem Oberkörper, der eine goldene Vase auf dem Kopf trug und sie mit der rechten Hand festhielt. Nebenan in seinem Paradeschlafzimmer hatte er damals oft die Fortsetzung der Aramena mit seiner Schwester durchgesprochen.

Sie hatten manchmal über jeden Satz diskutiert. Das Gemach war ganz mit Grisaille-Malereien freskiert, die Akanthusranken und Festons zeigten. Manchmal hatten sie sich zum Arbeiten auch in die seitlich abzweigenden Kammern zurückgezogen. In der Mitte des zweiten Teils, als er ihre Aufgabe übernahm und die Liebesschicksale zwischen Baleus und Aramena geschildert wurden, hatten sie sich auch ein wenig über den Fortgang gestritten. Schließlich war die Syrische Aramena in der Tochter des Mamellus gefunden worden. Lantine erzählt ihre Liebe zu Hadoran, den früheren Feldherrn des Amraphels. Danach war ihr Schreiben ziemlich in Fluss geraten. Cimber brachte seine Schwester Hercinde zu Timna, die lange für seine Prinzessin gehalten wurde. Abimelech zog mit assyrischen und nividischen Truppen in Damaskus ein. Von nun an wurde der Roman sein Werk. Mein Gott, man hatte ihn, Anton Ulrich, zuerst für einen Nachahmer des La Calprenède gehalten, dessen Cléopâtre sollte das direkte Vorbild von Aramena gewesen sein. Die Zeit liebte das Geschichtsgedicht.

Es ist *ohne dem eine von der Roman-Macher besten Künsten, alles in Verwirrung fallen zu lassen, und dann unverhofft herauszuwickeln. Und niemand ahmet unseren Herrn besser nach als ein Erfinder von einem schönen Roman*, hatte Leibniz ihm aus Wien nach dem unglücklichen Ausgang des Haager Friedens 1713 geschrieben. Und sein Lehrer Birken hatte in seiner Poetik geschrieben: *„Die Geschicht wird / so viel möglich / verwickelt /*

also dass immer eine neue Begebnis aus der anderen erwachse: Und der völlige Ausgang muss auf die letzte versparet werden."

Damals, als sie noch klein waren. Mein Gott, seine Schwester. Als Kind oder schon Halberwachsene hatte sie zu ihm immer gesagt: Sei still!

Das wär ja noch schöner, wenn ich nicht so schreiben könnte wie du.

Macht dich nicht mausig!

Ich kann auch schöne Geschichten erzählen. Sei kein Frosch, erzähl was!

Sie begannen beide zu weinen.

Ich hab Angst.

Dir tut keiner was. Morgen ist Theater, Der eingebildete Kranke von Moliere. Da brauchst du doch nicht gleich zu flennen, sagte Anton Ulrich. Es war noch früh, und die Bäume warfen Schatten in das Zimmer.

Wenn wir groß sind, schreiben wir einen Roman. So wie die spanischen und italienischen Romane.

Wir müssen schlafen, sagte er. Tut dir was weh? Sei jetzt still!

Sie zündete eine Kerze an und die Wand wurde hoch und schwarz. Sie war wie eine Tür, aber es war keine Tür.

Wenn wir nur eine Uhr im Zimmer hätten!

In der ägyptischen Zeit war die Geschwisterehe das übliche.

Das ist verboten.

Die Gefühle, die unmittelbar aus der Selbstgewissheit des Körpers kommen, lassen sich kaum durch Worte oder Gedanken ausdrücken.

Du bist eine Vervollständigung meines eigenen Ichs.

Ich habe den ganzen Roman, den wir schreiben wollen, schon im Kopf.

Man hat immer zwei Schicksale. Eins davon erfährt man nie.

Schicksal ist Fortuna, die ungeordnete Bewegung einer Masse. Nur der höfische Mensch kann sich dem entziehen. Das sind wir. Sie freute sich, dass ihre Schlafräume nebeneinander lagen. Die stilvolle Unwirklichkeit des Zimmers.

Er blickte um sich, fand sich noch in seinem Zimmer, dachte nach. Dann fiel ihm eine Stelle aus der Durchleuchtigen Aramena ein, die er nach den vielen Jahren noch im Kopf hatte.

Ich fande hierbey / des Wahrsagers Bericht / meinem Sinn so gleichförmig / dass ich mich also fort dieser Heldin Mirina gefangen gabe: Und behielt Eldane ferner keinen Gewalt über mich / außer dass ihr Andenken mich beunruhigte / und mein Gewissen / in dem ich also an ihr ungetreu wurde.

Das hatte er im dritten Teil der Aramena auf Seite dreiundachtzig geschrieben, und so war es gedruckt worden. Es war eine Verzweiflungskur von Verwechslungen und Gewaltsamkeiten. Elihu hat die vermeintliche Aramena – eine von vieren – nicht hingerichtet und bringt sie zu ihren Eltern. Indaride erzählte Baleus die Geschichte der Mirina, Schwester des Marsius und der Hercinde. Danach ging es in Ägypten weiter, und er konnte sich erinnern, wie leicht ihm das Schreiben dieser Episode gefallen war. Er war auf glückliche Weise in die Fußstapfen seiner Schwester getreten und hatte die Geschichte zierlich fortgesetzt. Aber bei seinen kühnen Erfindungen hatte er doch den einen oder anderen Namen verwechselt, dieses aber durch eine neue Verwechslung wieder ausgebügelt. Es war gar nicht so einfach, einen fünfbändigen Roman von je siebenhundert Seiten zu schreiben. Die fünf Teile der Aramena hatte er wie einen barocken Sakralbau geordnet: Für die Fassade einen Teil, für den Innenraum drei Teile, für den Altarraum einen Teil. So schrieb man eben zu seiner Zeit. Seine Vorrede hatte es als Baugesetz des Romans vermerkt: Das in diesem ersten Teil *eingewirrte Rätsel ihrer Geschichte / in den folgenden Büchern wieder zu entwickelen,* war sein Ziel gewesen. Seine Gliederung war nicht bloße Arithmetik gewesen, sondern eine Folge von schweren und leichten Betonungen, religiöser Inbrunst, Lust und Musik. Jeder der fünf Teile enthielt vier Bücher, die sich geschickt um die Höhepunkte herumwickelten.

Birken hatte in der Teutschen Rede-, Bind- und Dichtkunst 1679 geschrieben: *Aber all diesen tritt weit vor / die unvergleichliche Aramena / eine Wundergeburt eines durchleuchtigsten teutschen Helden / welche in Menge und Mengung der Geschichten / und deren Wieder-Entwicklung / alle der gleichen Schriften / auch die Sophonisbe / hinter sich lässet.* Er, Anton Ulrich selbst, wusste, dass dabei sein sparsames Zurücktreten hinter sein Werk das Beste gewesen war.

Was er geschrieben hatte, war sein Leben und die Schachzüge der Fürsten und Kriegsparteien im Dreißigjährigen Krieg, nur versetzt in die assyrische Landschaft. Er hatte aber nicht beabsichtigt, die Wirklichkeit wiederzugeben. Die Grundkategorien des Lebens waren Täuschung, Intrige und Staatsaktionen. Vielleicht würde man ihm später vorwerfen, dass er die „Realität" nicht abgebildet habe. Aber er hatte die Realität seiner Stände und des Adels, der Herzöge, Fürsten und Könige, und deren Schach- und Kriegszüge über ganz Europa im assyrischen Kostüm abgebildet.

5. HEIRATSPOLITIK UND SONNENHERZOG

Er hatte damals, als er einunddreißig Jahre alt und acht Jahre verheiratet war, überlegt, ob er dem Mann seiner Schwester, dem Herzog Christian von Schleswig-Holstein-Sonderburg-Glücksburg nicht eine Ingredienz geben sollte. 1664 hatte sie eine schwarzgallige Melancholie bekommen. Vielleicht war sie nicht einmal infiziert worden, sondern war tatsächlich im Kindbett gestorben, wie viele Frauen, auch Adlige ihrer Zeit. Jedenfalls hatte ihr beider Roman ihr Ehre und Ansehen gerettet, die ihr Mann ihr hatte wegnehmen wollen. Ihre Hochachtung vor Geld, Besitz und prächtigen Schlössern hatte sie früh abgelegt. Der beste Krieg war der, den man nicht führte: der zwischen Ländern und auch der zwischen Mann und Frau! Sie musste mit vierunddreißig Jahren feststellen, dass sie noch gar nicht erwachsen war. Das Leben am Hof und ihr Schreiben hatte sie vor der Hölle des Alleinseins, der Hölle der Langeweile und vor dem Untertauchen in einem Stift bewahrt. Ihr Glaube behütete sie vor der Hölle des bloßen vegetativen Daseins. Sie hätte den unfähigen Priapen gerne die Frau überhaupt geraubt. Diese Energie investierte sie in die ersten neunhundertfünfzig Seiten des Romans, den ihr Bruder, er, weitergeführt hatte. Die Frauen in ihrer Umgebung saßen in ihren Löchern und beobachteten sie. Fruchtlose Erregung, sinnlose Ermattung und Wein, Wein, Wein! Christian, ihr Mann, war fast immer im Diplomatengeschäft oder in kleinen Feldzügen unterwegs. Wo sollte sie hin? Es gab noch Gott, und das war ihr Glück. Anton Ulrich liebte seine Schwester und würde sie nicht fallen lassen.

Vor richtigen Männern hatte Ursula Sibylle keine Angst. Besiegen würde Christian seine Schwester nicht, höchsten durch ihren Tod! – Und so war es gekommen. Seine Schwester hatte die gleiche Ausbildung bekommen wie er. Er sorgte sich um sie. Er hatte damals immer den Gedanken gehabt, es könnte ihr irgendetwas Schreckliches zustoßen, und mit der Syphilisinfektion war es passiert.

Nach ihrem Tod war die Geschichte noch verfahrener geworden. Er hatte ihr nach der Hochzeit sieben gute Jahre bewahrt, aber auch keines ihrer vier Kinder hatte überlebt. Er hatte damals immer noch wie selbstverständlich zu ihrem Leben gehört. Er erinnerte sich an das dritte Buch der Aramena, fast schon am Ende, da hatte er geschrieben: *Es eräugte sich also fort zwischen diesen beiden Kindern eine Liebe / die ich bei ihrem Alter nicht beachtete. Als aber nachgehens die zunehmende Jahre diese verborgene Glut mehr zu äußern begunten / widerstunde ich derselben mit allen Kräften / und wollte keineswegs zulassen / dass mein Sohn einige andere / als euch / lieben sollte. Zudem Ende / und diese beiden Verliebten voneinander zu scheiden / sandte ich meinen Sohn nach Kitim und in die entfernte Inseln / daselbst sich etwas zu versuchen / und diese Liebe aus den Gedanken zu bringen.*

Auch seine Eltern hatten ihn und seine Schwester nicht trennen können. Wurde nicht das zarte Gehirn der Kinder in eine harte und fremde Ordnung gepresst? Dafür war ihre Kindheit nicht verlassen gewesen, und sie hatten beide viel und ideenreich gelernt. Vielleicht war dieses Für-Einander-Einspringen in der menschlichen Vergangenheit oder gar in der Tierherde schon ausgeprägt gewesen.

Der taubstumme, geistesschwache Bediente betrat das Zimmer. Ihn konnte man mit allem Möglichen beauftragen, auch mit zärtlichen Brevieren. Er war, trotz seines Schwachsinns, zuverlässig. Er war auch oft im Zimmer, wenn er, Anton Ulrich, mit seiner Schwester sprach. –Ob er überhaupt den Sinn der Worte wahrnehmen konnte? – Aber er konnte sehen. Er trug das Kostüm seiner Zeit, wie es auch manch einer von Adel trug. Ein gelb-samtenes Fransenjäckchen mit dunklen Puffärmeln, das über die Kniebundhosen auf die Oberschenkel fiel. Die Schuhe wie jeder andere. Sein Gebrechen merkte man ihm nicht an, dafür war er schnell und stark und verstand etwas von Ingredienzien. – Leibniz hatte in seiner Theodizee gesagt, dass es der göttliche Verstand sei, der die ewigen Wahrheiten wirklich mache. Das war schwer zu verstehen und für seinen taubstummen Diener, der sich im Jetzt mit der Bitte um ein Brevier, das er austragen sollte, näherte, überhaupt nicht. Ob der sein Elend überhaupt empfand? Ohne Gott gäbe es nicht nur kein Daseiendes, sondern nicht einmal ein Mögliches. Man musste irgendwann im Lebens ins Nachdenken kommen.

Er wandte sich dem jungen Mann, dem man nichts ansah, wieder zu und diktierte seinem Schreiber einen kurzen Brief an eine der Schönen, mit denen er korrespondierte, den der geistig Arme in seinen Ärmel steckte, um sich zu entfernen. Alle wussten: Jetzt war er alt, und niemand traute ihm noch zu, dass er etwas auf die Beine brachte. – Doch seine Enkelin war die Frau des russischen Zaren geworden, dank seiner geschickten Heiratspolitik. Es würde mindestens ein paar Stunden dauern, bis der Taubstumme ihm die Botschaft seiner Geliebten zurückbrachte. Zeit, was war das überhaupt? Zeit war uhrenlos, und er, Anton Ulrich, empfand die fernste Vergangenheit genauso unterschiedslos wie die unmittelbare Gegenwart. Um nicht im Chaos zu versanden, hatten die Menschen durch Zählen und Messen (wie engstirnig) das sogenannte Nacheinander erfunden.

Er konnte sich an Gespräche erinnern, und sie waren für ihn gegenwärtig, die fünfzig Jahre zurücklagen. – Bestimmte innere Episoden, das war seine Zeitwelt. Im Grunde ereignete sich alles in einem kurzen Jetzt! – Wenn ich eine lange Zeit habe, dehne ich sie für mich im subjektiven Jetzt. Aber manchmal war er auch ohnmächtig seinen Erinnerungen ausgeliefert. Die Zeit war nichts. Er sah auch immer noch nach etwas aus, hatte ein gebieterisches Wesen und war gewinnend durch Freundlichkeit, aber auch durch Intrige. Ruhmsucht hatte man ihm nachgesagt, aber seine Bildersammlungen waren das Resultat eines wahren Kunstsinnes.

Er hatte eine Riesenzahl von Kirchen bauen lassen, die er zum Teil aus seinem Privatvermögen finanziert hatte. Prachtliebe, darüber konnte er nur lachen, auch über das Wort Eitelkeit. Er war ein Fürst, und was er gestiftet hatte, war zur Ausbildung fürstlicher und adliger Jünglinge bestimmt. Wer hatte je so ein Lustschloss wie das zu Salzdahlum geschaffen, eine Stunde von Wolfenbüttel, mit dem Lustgarten, dem Parnas und den Wasserkünsten. Er hatte damals nicht genug Geld beisammen gehabt, und so war es in Fachwerk gebaut worden. Kirchenfeste, Staatsbesuche, Hochzeiten, Taufen, Geburtstage prägten das Leben dort. Prachtentfaltung und Repräsentation waren die Momente seiner Zeit. Und bei jedem dieser Momente wurde ihm gehuldigt. Sein ganzer Tag, vom Aufstehen bis zum Zubettgehen, war Zeremoniell. Er war ein barocker Fürst, und alles, was er tat, war ein Staatsakt, ob in der Oper, im Theater oder auf der Jagd. Nur das Kartenspiel war etwas spontaner. Er erinnerte sich an ein Hoffest vor fünfundzwanzig Jahren. War es eine Hochzeit oder ein Staatsbesuch gewesen?

Eine seiner Geliebten hatte vor Zeiten versucht, ihn mit ihrem starken Willen zu beeinflussen. „Hier bin ich. Was willst du dagegen machen?" hatte ihr Blick damals gesagt. Dabei hatte dieser Blick einen durchtriebenen, kreatürlichen Schein bekommen. Sie hatten sich zwei oder drei Stunden in seinem Kabinett gegenüber gesessen, und es war von ihrer Seite ein langsamer, genau berechneter Angriff gewesen. Er hatte damals das Gefühl, in einen Sog geraten zu sein. So schienen auch die Favoritinnen des Sonnenkönigs ihr Glück gemacht zu haben. Er hatte es aber damals fertiggebracht, sich an der Wirklichkeit festzuhalten, und das Gefühl seiner Auslöschung durch diese Frau war langsam verschwunden. – Er wusste aber auch, dass bei manchen Menschen selbst sein überstarker Wille nichts genutzt hatte. Er war der Herzog! Er allein! Le Roi soleil! Der Sonnenherzog von Braunschweig! – Herrscher, Baukünstler, Kunstliebhaber und Potentat!

Und doch hatte er letzte Nacht schwarzgallig geträumt: Er war in seinem Audienzkabinett in Wolfenbüttel und wollte sich ein Glas Wein bringen lassen. Eines der Fenster stand offen. Es war dunkel, und er glaubte, es sei jemand im Raum. Er rief nach seinem Kammerdiener: „Es ist jemand im Raum!" – Man kam, aber es war niemand da. Er suchte zusammen mit seinem Vater den Raum ab, und sein Vater sprach dabei. Es war eine so große Würde in seinem Reden, so dass er im Traum gedacht hatte, was für einen großen, herrschaftlichen Vater er doch habe. Nach dem Aufwachen hatte er Schauer auf dem Kopf und Gänsehaut am ganzen Körper gehabt. Und er wusste auch, dass jetzt eine Lebensentscheidung auf ihn zukam. Er würde gegen diese Schauer wieder mit morgendlichem Schreiben kämpfen. Er musste etwas tun, aber nicht für den Hof und sein Herzogtum, sondern etwas, das wirklich nur ihn allein weiterbrachte.

Der Taubstumme kam zurück und überbrachte das billet doux von seiner Schönen. Es enthielt nur die erste Strophe eines Gedichts von Daniel Caspar von Lohenstein.

Ihr Motten / die ihr blind in heiße Fackeln flügelt /
die Flügel euch sengt weg / vergleicht euch ja nicht mir.
Weil ihr vom ersten Straahl bald eingeäschert lieged;
mein Brand und Leiden geht dem eurigen weitfür.
Ich brenn in dieser Fluth / womit ich mich oft kühle /
und meiner Liebes-Brunst nur so viel länger fühle.

War es nur Galanterie oder Affektion? Belles lettres? Literatur! Es gab neuerdings auch Erlebniskünstler. Aber war das Literatur? In den Gesetzen der Gattung erkannte man die Zeichen der ordnenden Macht, den Willen Gottes, der die Welt nach Leibniz' Theodizee geschaffen hatte. Die Welt ordnete sich nach dem System der vorherbestimmten Harmonie, die der Philosoph bereits vor mehreren Jahren aufgestellt hatte. Ebenso passte sich der Körper durch seine eigenen Gesetze dem Willen der Seele an. Die Gesetze des Systems der vorherbestimmten Harmonie galten auch für die Literatur. Überhaupt für den Kosmos und die ganze Welt. Trotzdem hatte die Seele völlige Freiheit, da ihre Handlungen nur von Gott und sich selbst abhingen.

So hatte Leibniz gedacht. Selbst die Cartesianer hatten mit der Freiheit des Willens manche Schwierigkeiten. Man musste deshalb an die Freiheit glauben. Die Mehrzahl der Philosophen konnte die Beziehung zwischen den freien Handlungen der Menschen und der Voraussicht Gottes nicht begreifen. Aber man konnte doch anerkennen, dass man frei und gleichzeitig von Gott abhängig war. Denn beide Wahrheiten sind gleich, die eine durch Erfahrung, die andere durch die Vernunft. Dichtung war regel- und gattungsgerechte Handhabung des Sprachmaterials, mit dem man ein Wortkunstwerk erzeugte. Sein Wortkunstwerk transportierte das Erhabene und forderte alles, *was sonstens zur Erweckung der Verwunderung in den Gemütern von Nöten ist.*

Aber er wusste auch, *dass nicht der Außen-Schein / könne allemal das Wesen sein.* So hatte er im dritten Band geschrieben. Im fünften Band wurde Aramena allerdings belehrt, *dass nicht allemal das Innerliche mit dem Äußerlichen eine Gleichförmigkeit habe.* Ihre divinatorische Gabe erklärten die dargestellten Priesterinnen so: *Es verhält sich anderst hiermit und pflegen wir unsere Anmerkungen nicht hieraus allein / sondern auch aus den Gebärden und aus einem gewissen Natur-Wesen zu nehmen / dass man anderen / die diese Wissenschaft nicht haben / unmüglich bedeuten kann / und dass bei gleich-sehenden Personen / dennoch unterschieden ist.* Es war Einschüchterung durch Pomp und Gebärde, so wie er es seinen Söhnen und Töchtern als Ermahnung hinterlassen hatte:

Begegne einem Jeden, er sei wer er wolle, freundlich, sonder dir merken zu lassen, als ob du wissest, dass du ein Herzog von Braunschweig seiest; halte aber hergegen über den Glanz deiner Hoheit und was du zu deinem Staat gehört dermaßen, dass andere daraus erkennen können, wer du bist.

6. AUF DEM DECKENFRESKO: MARS

Das war es, was herrschaftliche Generationen nach ihm beachten sollten. Das war es auch, was sein Vater ihm vorgelebt hatte. Aber zweihundert als Hexen abgeurteilte Frauen auf die Brandstätte zu führen, wie sein Vater, das hatte er in seinem ganzen Leben nicht getan. Frauen umzubringen, nur weil sie die Gabe des Gemütes hatten? Das Gemüt zu läutern und zu vervollkommnen, auch durch seine Romane, war eines der Hauptziele seines Lebens gewesen. Hexen hatte sein Vater damals gesagt, sie haben eine Oberfläche aus Spitzen, Rüschen und Glockenfellen, fünfmal so groß wie das schmale weiße Tier, das sich darunter verbarg, sich suchen ließ und fürchterlich begehrenswert machte. Warum steigerten sich die Männer bei ihrem Anblick zur unirdischen Torheit? Man musste dagegen vorgehen, und wenn es sein musste, mit Axt und Scheiterhaufen.

Ihm, Anton Ulrich, waren solche Gedanken immer verworfen erschienen, und er war solchen Frauen immer mit einer höfischen Distanz begegnet. Der Mensch war eine Ansammlung von kleinen Punkten auf der äußeren Hülle eines Zwergglobus. Gott, der Uhrengestalter, hatte das Perpendikel der Welt in Gang gesetzt und ließ sie nun laufen, solange niemand anderes, vielleicht der Teufel, eingriff. Warum musste man Menschen, d. h. Frauen, klein machen und sie dem Tod überantworten, nur weil sie das Weibliche in sich konzentriert hatten? Er war durch Geburt und von der Gunst der Verhältnisse nach oben gespült worden, das wusste er. Er wusste aber auch, dass das Höfische gottgegeben war. Das Höfische hatte er in seinem

Heldengedicht, der Durchleuchtigen Aramena, abgebildet. Da gab es aber noch Grimmelshausen, der auch schreiben konnte und dem die Liebe der Deutschen zum größeren Teil gehören würde, weil er aus den unteren Ständen kam. Grimmelshausen gehörte zu Dürer und Böhme, er zu Holbein und Leibniz.

Sein Roman war Ausdruck der höfischen Standeskultur seiner Zeit. So hieß es in der Vorrede, die Birken geschrieben hatte: *Es sind diese Art Historien / vor allen anderen Schriften / ein recht-adelicher und dabey hochnützlicher Zeitvertreib / sowohl für den / der sie schreibet / als für den / der sie lieset: Wie dann auch diejenigen / so dergleichen geschrieben / meist entweder vornehme Stands- und sonsten adeliche Personen / oder doch Leute gewesen / die mit solchen Personen Kundschaft gepflogen.*

Aber die ständische Kultur war kein Kastenwesen, denn er wusste, dass seine Romane von allen Schichten gelesen wurden. Er hatte den Bogen von der spätgriechischen und lateinischen Antike bis heute gespannt. Das hatte auch Birken, der ja einmal sein Erzieher gewesen war, in der Vorrede zu seiner Aramena gesagt. Leibniz hatte diese Kunst einmal *ars combinatoria* genannt. Seine Dichtung schuf Hof-, Intrigen-, Kriegs- und Überredungskunst und die Schönheit weiblicher Anmut. Er wusste, dass er in Deutschland nach dem Dreißigjährigen Kriege einen großen Rückhalt hatte. Er wusste aber auch, dass das, was er geschrieben hatte, nicht nur Ständeliteratur war. Wie lange würde seine Ständegesellschaft Europa noch beherrschen? Er wusste es nicht. Seine erlebte Zeit war uhrenlos. Der Mensch erlebte die fernste Vergangenheit genauso unterschiedslos wie die unmittelbare Gegenwart.

Mein Gott, wie spät war es eigentlich? So eine Frage in einer uhrenlosen Situation! Erinnerungen existierten in der Vergangenheit, aber die Vergangenheit war in seiner Vorstellungswelt gefangen. Außerdem konnte man sich mit den Wörtern über die sogenannte Realität täuschen. Er hatte das in seinen beiden großen Romanen auch getan und eine Vergangenheit nach oben geholt, die es nicht gab. Die längst vergangenen Hochkulturen Ägyptens und des Vorderen Orients hatten es ihm angetan, auch das Assyrische Großreich und das Chaldäerreich. Babylon hatte ihn fasziniert, vielleicht noch das alte Rom, wo er seine Römische Octavia angesiedelt hatte. Vom Krieg hatte er genug gesehen. Und was seinen Übertritt zum katholischen Glauben anging, auch der größte Organisator und wohl hervorragendste Militär seiner Zeit, Albrecht von Wallenstein, ursprünglich Protestant, war 1606 katholisch geworden. Der Hochmut des Geldes, dank der Heirat mit einer vermögenden Frau, hatte ihn nach oben gespült. Gott sei Dank war dieser Krieg relativ früh an seinem Land vorbeigegangen.

Wallenstein war vom Kaiser geächtet und dann ermordet worden. Anton Ulrich hatte in sein *Projekt der väterlichen Ermahnung und Instruktion für den Erbprinzen* hineingeschrieben: *Übe Recht und Gerechtigkeit im Lande und lass niemand ungebührlich drücken noch unterdrücken; so hast du Segen und dein Ruhm bleibt ewig.* Er war mit dieser Maxime alt geworden, älter als mancher Potentat seiner Zeit. Beim Eroberungskrieg Frankreichs gegen die protestantischen Generalstaaten der nördlichen Niederlande hatte er trotzdem auf Seiten Ludwigs XIV. gestanden und für ihn geworben. Und einen Erbfolgekrieg wie der um die Pfalz würde es nach ihm nicht geben, denn er hatte mit vielen Kindern und Enkeln dafür gesorgt, dass seine Familie, anders als das Haus Pfalz-Simmern, nicht aussterben würde.

Er blickte um sich, er hatte sich doch zu sehr von der Vergangenheit einfangen lassen. Er wusste nicht, was die Zukunft bringen würde, vielleicht den Aufstieg von Brandenburg. Dann würde es aber mitten in Europa neue Kriegshandlungen geben. Brandenburg-Preußen würde vielleicht eine europäische Großmacht werden. Seine Bücher wurden immer noch viel gelesen, und sollte einmal eine bürgerliche Klasse nach oben kommen, würde sie nur in der Literatur Ausdruck finden. Er wusste nicht, dass Lessing fünfzig Jahre später die Emalia Galotti schreiben würde, in der sein Stand, der Fürstenstand, nicht gut wegkam.

Unwillkürlich blickte er zu dem Zimmerfenster hinauf, in der Vermutung, seine Frau könne noch dahinterstehen. Elisabeth Juliane war zeitlebens eine angenehme Person gewesen, hatte sich um die Waisenhäuser gekümmert und war in Wolfenbüttel mit unglaublich kunstreichen Stickarbeiten hervorgetreten. Zeit seines Lebens hatte er zu ihr Vertrauen gehabt, das sich als begründet erwiesen hatte, denn er hatte sie nicht aus Hof- oder politischen Rücksichten geheiratet, sondern immer eine Affektion zu ihr gehabt.

Es war Nacht geworden, und es kam ihn an, sein Nachthemd und seine Nachtmütze anzulegen. Er ging in sein Schlafgemach, das dem seiner Frau gegenüberlag und setzte sich vor den Toilettenspiegel. Ja, das war er, Anton Ulrich, mit dem starken Grübchen im Kinn, der jetzt die Allongeperücke abgelegt hatte und kahlköpfig war. Das Herzogappartement war fünfräumig: Antichambre, Audienzgemach, Schlafzimmer. Er hatte bald die Gemächer seines älteren Bruders Rudolf August übernommen. Der verbrachte ohnehin die meiste Zeit mit seiner zweiten Frau Rosine, der Kammerjungfer seiner verstorbenen Frau, die als Bürgerliche vom Adel nie anerkannt worden war, auf Schloss Hedwigsburg. Als sein Bruder Rudolf August im Jahr 1704 starb, hatte er, Anton Ulrich, mit der Übernahme der Gesamtregentschaft auch beide Herzogsappartements miteinander verbinden lassen.

Er griff nach dem Dritten Teil der Durchleuchtigen Aramena, die aufgeschlagen auf dem Tisch lag. Zufällig war es die Seite zweihundertneunundachtzig, und er begann den unteren Abschnitt zu lesen: *Es befrömdet mich sehr / (sagte sie endlich) / dass ihr mir ratet / denjenigen zu lieben / den meine schwester ihrer liebe nicht würdig achtet / und der die gröſste schönheit der welt lieben darf / da ihm als einem assyrer / erlaubt ist / seine schwester zu ehelichen.*

Das hätte er im Grunde auch gern getan, und seine Schwester war bis zu ihrem vierunddreißigsten Lebensjahr bei ihm am Hof geblieben, hatte mit ihm dieses Buch geschrieben und ihn bei allen Hofrankünen und politischen Intrigen unterstützt. Seine Frau Elisabeth Juliane hatte diese enge Verbindung toleriert, ja sogar gestützt. Sie wusste, wie ähnlich sie Ursula Sibylle war und warum er sie, eine Nichte seiner Mutter, aus lauter Liebe geheiratet hatte. Mit ihren dreizehn Kindern hatte sie sich bei ihm bedankt, obwohl nur sieben überlebt hatten und ihr erstgeborener Sohn August Friedrich neunzehnjährig als Kaiserlicher Obrist vor Philippsburg gefallen war. Eine ungewöhnlich begabter junger Mann, mit achtzehn Jahren schon Kaiserlicher Obrist am Wiener Hof, mit der alleinigen Erbtochter Georgs Wilhelms von Celle, Sophie Dorothea, verlobt, war er an den Rhein gegangen und hatte gegen die französische Invasion gekämpft.

Der Kriegsgott und die Literatur. Mars auf dem Pegasus, das Deckenfresko im ersten Antichambre auf Schloss Wolfenbüttel. Johann Oswald Harms hatte es an die Decke gemalt. Immer wenn Elisabeth Juliane es sah, dachte sie an ihren früh verstorbenen, stolzen ersten Sohn. Dessen Geschick hatte ihr Mann in seinem Roman verborgen. Das Herz war der Sitz des Gefühls, und mit dem Gemüt hatte sie den Tod ihres Sohnes überwunden. Das Herz war das Zeichen der letzten *vertreulichkeit*, und sie hatte es ihrem geliebten Sohn mitgegeben, *wo es wol verwahret bleiben soll.* Nur wo die strenge Norm der höfischen Welt ihrer Trauer Schranken auferlegt hatte, war sie bei sich geblieben. Es gab das französische Wort „tendresse", das Leibniz als „Innigkeit" übersetzt hatte. Sie hatte seitdem keine Herzensfreude mehr empfunden und war in die caritas geflüchtet, wie sie die Nächstenliebe deutete. Aber ihre Zeit war davon aufgefressen worden, sich mit Zeremonialfragen auseinanderzusetzen und dynastisch bedeutsame Heiraten zustande zu bringen.

7. MANN, FRAU UND WIEDER LEIBNIZ

Anton Ulrichs Gedanken kehrten zurück zum Februar 1706. Er hatte die Gicht und war in Braunschweig in den Räumen seiner Tochter Henriette Christine über einen Hund gestolpert. Danach konnte er lange nicht alleine gehen und musste sich in einem Rollstuhl durch den Garten schieben lassen. Aber auch die Badekuren in den heißen Quellen von Wiesbaden und Aachen hatten nicht geholfen. Überdies mochte er kein Wasser, jeden Morgen wurde er von seinem Leibmedikus mit Parfüm abgerieben. Gesundheit, das war gute Verdauung und gutes Wasserlassen. In dieser Zeit hatte er wieder Zuflucht zu Leibniz' Gedanken genommen. Leibniz hatte ihm die Gedanken der Philosophen klargemacht. Leibniz würde ihn überleben. Die Kenntnis seines Denkens hatte auch ihn, Anton Ulrich, bereichert.

Gleich würde er von seinem Leibmedikus mit Alkohol abgerieben werden, denn es war schon ein Viertel nach sechs. – Alkohol! – Die unteren Stände tranken ihn. Aber sie kamen in seinen Büchern nicht vor. Das Personal war höfisch, die Winkelzüge waren höfisch, Denken und Mentalität waren höfisch. Der höfische Mensch beherrschte mit der Ständeklausel das Drama, die Romanwelt und das Gedicht. Warum schrieb er eigentlich nicht für arme Leute? Oder über die Soldaten, die sich in den Heerzügen des Dreißigjährigen Krieges und dann auch später gegenseitig zerfleischt hatten? Mein Gott, als dieser Krieg zu Ende war, war er gerade fünfzehn Jahre alt gewesen. Sein Vater, Schottel und Birken hatten aber seine Begabung früh erkannt, und er schrieb Gedichte, Kirchenlieder, Balletts und Geistliche Andachten.

Jetzt im Alter rann ihm durch den Kopf, was nach dem Westfälischen Frieden aus Deutschland geworden war. Neue Kriege, Erbstreitigkeiten, Heiratspolitik der adeligen Dynastien und vielleicht der Aufstieg einer neuen Klasse. Ihm war klar: Er wusste gar nichts. Das, was er dachte, war nur der Vorausklang seiner politischen Erfahrungen und seiner Arbeit als Regierender Fürst. Er hätte sich als Schriftsteller eigentlich der gesellschaftlichen Umbruchssituation nach diesem dreißigjährigen Unheil widmen müssen. Als die Durchleuchtige Syrerin Aramena erschien, war er gerade um die vierzig gewesen. Kaiser, Könige, Fürsten und Dynastien beherrschten das Schachspiel der Politik. Warum sollte er einer neuen Klasse mit experimentellen literarischen Mitteln zum Sieg verhelfen? Die Höfe würden immer das Zentrum der Politik – und auch der Bildung und der Literatur bleiben. Was er in der Aramena versucht hatte, war Politik und Literatur zugleich gewesen. Die Wirklichkeit, seine Wirklichkeit, war das Erhabene gewesen, die Darstellung der Leib-Seele-Geist-Person. Leibniz hatte in seinem Aufsatz *Von der Weisheit* geschrieben: *Vollkommenheit nenne ich alle Erhöhung des Wesens, denn wie die Krankheit gleichsam eine Erniedrigung ist und ein Abfall von der Gesundheit, also ist die Vollkommenheit etwas, so über die Gesundheit steiget.* Man muss sich nur an die Widmungsverse der unbekannten Freundin erinnern:

Allein ein Heldenheld
kann schöner / als sie ist / uns bilden ab die Welt /
nach seinem edlen Geist.

Seine Aramena war ganz erdichtete Historie: *Der gleichen Geschichtsmähren / sind zweifelsfrei weit nützlicher / als die wahrhafte Geschichtsschriften: Denn sie haben die Freiheit / unter der Decke die Wahrheit zu reden / und alles mit-einzufüren / was zu des Dichters gutem Absehen und zur Erbauung dienet ... / womit man gern den Verstand üben und zur Tugendliebe bereden wolte.* Das war die Doppelgesichtigkeit seiner Erzählweise. Er hatte die Personen, auch die Paare, verwirrt, durcheinandergebracht, um sie dann wieder zueinanderfinden zu lassen. Er war sich sicher, dass sein Roman die höfische Welt zeigte, wie sie war und wie sie sich ihm dargeboten hatte. Hatte nicht Opitz für das höfische Werk das hohe Wesen gefordert? Oder das, was *sonsten zur Erweckung der Verwunderung in den Gemüten von Nöten ist.* Nicht Wirklichkeit war wichtig, sondern die erhabene Wirkung auf den Leser. Das Erhabene erschien in seinen Romanen nicht tragisch, sondern optimistisch. Heroisches Bejahen der Bedrohung, aber Entscheidung zu einer guten und richtigen Lösung. Außerdem war der Adel der einzige Stand, den er kannte und über den er tatsächlich schreiben konnte.

Das Gespräch vor siebzig Jahren.
Gibt es herzogliche Würde?
Du meinst, weil du zehn bist, bist du schon erwachsen.
Das hatte ich vergessen.
Ärgere mich nicht. Sie konnten den Bedienten hören, der nebenan mit Wasser, Parfüm und Pomade arbeitete. So eine Morgenwäsche war doch überhaupt keine Wäsche. Sie nahmen ein Parfümfläschchen, zogen den Stöpsel heraus und er sagte:
Riech mal! Gut!
Ich mag Parfüm nicht.
Du wirst dein ganzes Leben in Parfüm getränkt. Dann bekommst du eine Glatze und man stülpt dir eine Perücke über. In der zeigt sich die Überlegenheit des Adels. Sie legten die Arme umeinander.
Wir werden zusammen einen Roman schreiben, mindestens zehn Bände.
Sei still, gleich werden wir geweckt. Oder sollen wir nochmal heimlich rausgehen?

Davor hatte er Angst. Wieder ins Bett. Die Erinnerung setzte aus oder war wieder zu Ende. Er war wieder in der Gegenwart. Um sechs Uhr würde er geweckt. Die Nachtmütze herunter und die frischfrisierte, hellblonde Allongeperücke auf den rasierten Schädel. Die engsten Familienangehörigen zum Morgenbesuch. Danach Korrespondenz und private Studien sowie Regierungsgeschäfte mit dem Geheimen Rat. Das Mittagessen mit seiner Frau, den Prinzen und Prinzessinnen im Venussaal. Erst um achtzehn Uhr Empfang der Botschafter und Gesandten im Audienzgemach. Vielleicht noch eine Parade auf dem Schlossplatz. Abends die Opernvorstellungen im Wolfenbütteler Opernhaus. Das Souper um sechzehn Uhr im Essgemach. Er wusste, dass auch das Leben von anderen Fürsten sich in der Regel von morgens bis abends in der Öffentlichkeit des Hofstaates abspielte. Damit musste man leben.

Manchmal gab es auch in seinem Antichambre kleinere Ballett- oder Schauspielaufführungen. Abends dann wieder ein Essen gegen acht Uhr im Familienkreis oder im Essgemach, beziehungsweise im Antichambre. Mit Gästen fanden die Essen stets im Redoutensaal statt. Um zweiundzwanzig Uhr lud man zu Musik, Tanz und Spiel in ihre Räume. Mein Gott, diese Verpflichtungen. Deren Höhepunkte waren die Mahlzeiten. Das Ritual war das von Marionettenpuppen. Und dann der Briefwechsel. Briefe nach Schleswig-Holstein-Sonderburg-Glücksburg, wo seine Schwester Ursula Sibylle seit 1663 mit Herzog Christian verheiratet gewesen war. Eine Bruder-Schwester-Beziehung, wie es keine zweite gab. Auch seine Töchter, die er alle glücklich verheiratet hatte: Elisabeth Eleonore, Anna Sophie, und Augusta Dorothea, durch deren Heirat er politische Verbindung nach Arnstadt geknüpft hatte. Ohne seine Schwester wäre die Durchleuchtige Aramena nicht begonnen und durch ihn nicht vollendet worden. Sogar Lieselotte von der Pfalz und deren Hofdamen hatten den Roman mit Begeisterung gelesen.

Nachmittags ging es meistens nach Salzdahlum. Man besichtigte seine Bildersammlung, besonders die Werke italienischer Meister, die er auf seinen vier Venedig-Reisen kennengelernt hatte. Ja, Salzdahlum, das gab es, ein Zeugnis seiner Baulei-denschaft. Das Lustschloss, seine Gemälde und seine Bücher hatten die Bedeutung seiner Person in ganz Deutschland unter-strichen. Auch die Aufführungen im Wolfenbütteler Opern-haus verdankten sich der Kultur des französischen Hofes, die er 1655 bis 1656 während seiner Kavaliersreise kennengelernt hatte. Er hatte danach viele Ballette und Singspiele geschrie-ben, die an Geburtstagen und Hochzeiten aufgeführt wurden. In den Balletten hatte er oft selbst den Part des ersten Tänzers übernommen.

Danach, als der Müßiggang und der Trott Langeweile her-vorbrachten, war es Venedig gewesen, das ihn angezogen hat-te. Insgesamt viermal war er dort gewesen. Mit Großbauten, Romanen und Bildern verewigte man seine Macht und seine Ausstrahlung. Seine Frau hatte mit ihren dreizehn Schwanger-schaften genug zu tun gehabt. Um seine Macht zu steigern, setz-te sie sich intensiv mit Zeremonialfragen auseinander, zusam-men mit ihrer Oberhofmeisterin. Sie hatte ein Damenstift und ein Kloster gegründet, wo Witwen und unverheiratete Töchter von Hofbeamten untergebracht wurden. Die Mildtätigkeit war das Gebiet aller Herzogsfrauen.

Ja, er war 1710 katholisch geworden, also mit siebenund-siebzig Jahren, eigentlich recht spät. Er hatte damals gedacht, das Bistum Hildesheim zu bekommen, um seine Position im Reich zu stärken. Ja, er erinnerte sich, wie er am 4. Januar 1710 in der Galerie des Wolfenbütteler Schlosses übergetreten war. Er hatte vor einem Kruzifix gekniet. Alles musste damals noch geheim gehalten werden, selbst in den Briefen, denn der Post-verkehr war unsicher. *„Ich bekenne, dass auch unter einer jeden Gestalt allein der ganze unzerteilte Christus und das wahre Sak-rament seines Fronleichnams genossen und empfangen werde."*

Zugleich hatte er seinen Glauben an das Fegefeuer bekannt. Er hatte alle von der Kirche als Ketzereien verdammten Irrtümer verflucht und bekannt, dass niemand außerhalb des Glaubens und des öffentlichen Bekenntnisses selig werden könne. Deutlicher konnte man sich gar nicht vom evangelischen Glauben distanzieren, dem er immerhin sechsundsiebzig Jahre angehört hatte. Aber Glaubensübertritte waren auch politische Entscheidungen. Und in seiner Aramena hatte er bewiesen, wie stark die politischen Entscheidungen die Menschen beeinflussten. Sogar die Macht des Ablasses hatte er der katholischen Kirche zugebilligt und dem Nachfolger Petri, dem Bischof von Rom, seinen Gehorsam geschworen.

Er nahm den dritten Band der Aramena, der vor ihm auf dem Tisch lag, in die Hand. Er blätterte im zweiten Buch des dritten Teils. Zameis, ein Bedienter des Baleus, erzählte gerade, was er von den Schicksalen der Hercinde und ihrer Liebe erfahren hatte. Die Scheinhochzeit zwischen Dison (Aramena) und Aramena (Dison) wurde gefeiert. Als der wirkliche Dison abends im Brautbett seinen Stand offenbart, ist die fromme Aramena tief beleidigt. Er schlug das Buch auf und las: *Sobald Hercinde bei ihrer Marpeis sich wieder allein sahe / schüttete sie gegen derselben alle ihre Gedanken aus / die ihr wegen dieser Begebenheit waren eingefallen. Bald verdachte sie die Marpeis / sie hätte es bei den Aurinien angebracht / dass mein Prinz sie zu sehen bekommen. Bald erfreuete sie sich hierüber: Wie wol solche Freude nicht lang daurete / wann sie das Bildnis meiner gnädigsten Königin betrachtete / das ihr der Abdemon hatte in Handen gelassen. Ach! (sagte sie) Kan diese Wunderschöne den Baleus nicht bewegen / sie allein zu lieben: Was hätte dann ich zu hoffen / die ich kein geteiltes Herz annehmen kann? Das Verlangen des Prinzen mich zu sehen / wird nur ein Fürwitz sein / nicht aber ein Zeichen einiger Liebe. Welche Leichtsinnigkeit lässet mich dieser Prinz erblicken / dass er Sonderursach aufhöret / die Mirina zu lieben / und nun*

nach einer Frömden begierig ist / deren Stand er noch nicht weiß /
und die er etwann einen Augenblick gesehen hat.

Solche Gedanken hatte er sein ganzes Leben lang gehabt.
Und er hatte manche dieser Gedanken auch in die Tat umge-
setzt. Er wusste, dass Liebe und Gedanken sich eigentlich aus-
schlossen. Aber manche Menschen fühlten sich zu schwach und
zu gefährdet, um das Leben allein zu bestehen, besonders in
einem Herzogtum. Als Kompromiss wählen sie einen Mann
oder eine Frau von ähnlichem Charakter. So gleiten sie mit
einem Minimum an Bindung durchs Leben, gerade genügend,
um das innere Gleichgewicht nicht zu gefährden. Er wusste aber
auch, dass „Liaisons" eine Abwertung des alten Partners bewirk-
ten. Und den Beginn einer neuen Beziehung herbeiführten. Er
selbst hatte seine Frau so gut wie nie betrogen. Er wusste aber
auch, dass das an anderen Höfen ganz anders war. Meistens liefen zwei, drei oder vier Beziehungen nebeneinander her. Jede
neue Beziehung verstärkte neues Begehren. Mein Gott, seine
Jugend. Als er zwölf war, hatte er nicht geglaubt, dass seine
Schwester ihm einen Höfling vorzog, sie war ja schon sechzehn.
Vielleicht war er auch zu empfindlich. Damals benahm sie sich
wie eine Konkubine. Er hatte sich in den Schatten der Schloss-
mauer geschlichen und versuchte sie herbeizupfeifen. Er war
kein großer Bruder, er war ein kleiner Bruder. Wenn er zu ihr
nur Mutter sagen könnte!

Sie würde nicht leiden, dass er ihr nachspionierte. Wenn er
größer war, würde er sie auf geistige Art an sich binden. Sie
würden zusammen einen Roman schreiben. Denn sie hatten
beide einen Spürsinn für Politisches, auch für das Böse. Eine
Frau ist entweder eine Adlige oder nicht, jedenfalls die Frauen,
die er in seinem damaligen kurzen Leben kennengelernt hatte. Eben sechzehn geworden. Du hast dich doch sonst nicht
um sie gekümmert, würde seine Mutter sagen, du brauchst dir
keine Sorgen um sie zu machen. Er blickte auf und erinnerte
sich, wo er war. Was hatte Leibniz in der Theodizee geschrieben:

Wenn eine so schöne Ordnung und so allgemeine Regeln für die Tiere bestehen, so scheint es nicht vernünftig, dass der Mensch davon ganz ausgeschlossen sein sollte und dass bei ihm alles auf seine Seele Bezügliche nur durch Wunder geschehe.

Auch seine Schwester folgte der Tiernatur, und man musste auf sie achtgeben. Leibniz hatte auch gesagt: *Wenn die Tugend oder sonst ein Gut den Zwecken des Schöpfers ebenso entsprächen wie das Laster, so würde das Laster nicht vorgezogen worden sein; es muss deshalb das einzige Mittel gewesen sein, dessen der Schöpfer sich bedienen konnte und es ist also aus reiner Notwendigkeit benutzt worden.* Das Unbewusste brach sich mit allem Möglichen seinen Weg. Offenbar kann die Vernunft niemals das erreichen, was über sie geht, hatte Leibniz geschrieben. Wenn er mit einer Frau zusammen gewesen war, die nicht schön war, schöpfte er keine Befriedigung daraus. Frauen hatten eine Begabung für Misstrauen und auch einen Spürsinn für das Böse. Bis das Böse seinen Zweck erfüllt hatte. In der frühen Jugend hatte er nur seiner Schwester vertrauen können. Manche Männer waren zu unschuldig, um sich zu schützen. Sie musste auch über ihn, einen Zwölfjährigen, so gesprochen haben, dass die anderen eifersüchtig wurden.

8. LÄUFT DIE ZEIT AUCH IN DER EWIGKEIT WEITER?

Man wird ohne Zweifel erzählt haben, auf welche Weise er zu den Katholischen übergetreten war. Vielleicht war es der Wunsch nach dem Bistum Hildesheim. Der Höllenfeuer-Protestantismus! – Er hatte ihn schon längst vergessen. Er hatte ja selbst ein paar Kirchenlieder geschrieben.

> *Es ist genug, mein matter Sinn*
> *sehnt sich dahin, wo meine Väter schlaffen.*
> *Ich hab es endlich guten Fug*
> *Es ist genug! Ich muss mir Rast verschaffen.*
>
> *Ich bin ermüth, ich hab geführt*
> *des Tages Bürt: Es muss eins Abend werden.*
> *Erlös mich, Herr. Spann aus den Pflug,*
> *es ist genug! Nimm von mir die Beschwerden.*
>
> *Die große Last hat mich gedrückt,*
> *ja schier erstickt, so viele lange Jahre.*
> *Ach lass mich finden, was ich such:*
> *Es ist genug! Mit solcher Kreuzes Ware.*

Ja, das evangelische Christentum und seine Kirchenlieder! Die puritanische Ethik! – Galt sie auch am Hof? Die Beziehung zu den Evangelischen hatte sich auch durch seinen Übertritt nicht gänzlich gelegt.

Ich bekenne auch zugleich, in dem Hochhen Layen Amt der
Messe, Gott dem Herren ein wahres eigentliches, und versöhnliches
Opfer für die Lebendigen und Toten aufgeopfert werde. Dass auch
im Allerheiligsten Sacrament des Altars wahrhaftig, leiblich und
wesentlich sei Leib und Blut, mit Seel und Gottheit unseres herrn
jesu christi und dass die gantze Substanz des Brotes in den Leib,
und die gantze Substanz des Weins in das Blutt christi verwan-
delet werde ... Ein bisschen seltsam klang das schon für einen
Evangelischen. Aber das hatte doch eigentlich reichen müssen.
Er billigte der katholischen Kirche, viele Jahre nach Luther, die
Macht des Ablasses zu und schwor der protestantischen Leh-
re ab. Wenn er zurückblickte, glaubte er nicht, dass er sich
geirrt hatte. Es gab einen französischen Schriftsteller, der einmal gesagt hatte, dass jedwedes menschliche Handeln unbere-
chenbar sei. Sein Übertritt zum Katholizismus war vor allem
Politik gewesen. Seine Intrigen- und Heiratspolitik, die in die
Zukunft verwies. Er hatte viel in die Zukunft gedacht, aber die
Zukunft durch sein Denken nicht überholen können. Vielleicht
entsprang daraus eine Schwäche. Was die Wahrnehmung nicht
chaotisch werden ließ, war allein Gott. Leibniz hatte ihm das
in vielen Gesprächen erklärt. Es gab metaphysische und mathe-
matische Wahrheiten, aber auch Gesetze, welche der Natur zu
geben Gott gefallen hatte. Der Glaube brauchte keine wissen-
schaftlichen Axiome! – Er beruhte auf innerer Überzeugung!
Die gaben die Naturwissenschaften nicht. Man konnte sagen,
dass die physische Notwendigkeit, auch die der Erkenntnis, auf
moralischen Notwendigkeiten beruhte. Gott konnte aber auch
seine Geschöpfe von ihren vorgeschriebenen Gesetzen befrei-
en und das hervorbringen, wozu ihre Natur nicht hinreichte.
Selbst in der Naturwissenschaft erklärte man viele wahrnehm-
bare Eigenschaften nur bis zu einem gewissen Punkt.

Leibniz selbst hat das alles gesagt, mit seinem gütigen Gesicht,
die Lippen immer halb geöffnet, so dass sich das ziemlich spit-
ze Kinn unter seinem Hals hervorschob. Die dunkelbraune

Allongeperücke fiel auf seinen goldbraunen Umhang, und um den Hals hatte er ein helles Seidentüchlein geknotet. Aber trotz Leibniz: Die Schmach über die verlorene Einheit der nunmehr getrennten Konfessionen blieb in ihm zurück.

Leibniz hatte aber noch mehr gesagt: *Wir können eigentlich unsere Unabhängigkeit nicht fühlen und wir sind uns nicht immer der oft unmerklichen Ursachen bewusst, von denen unser Entschluss abhängt. Es wäre dies ebenso, als wenn man von der Magnetnadel sagte, es mache ihr Vergnügen, sich nach Norden zu richten; denn sie würde glauben, dass dies ohne eine andere Ursache geschehe, weil sie die unmerklichen Bewegungen des magnetischen Stoffes nicht empfindet.*

Klugheit ohne Psychologie, das war es, was man brauchte. Was er für seinen Willen hielt, war gar nicht sein Wille gewesen, wenn man Leibniz folgte, sondern nur eine Folge von feinsten Einflüssen, verworrenen Vorstellungen oder Leidenschaften. Gottseidank aber gab es Vernunft, Verstand und Tugend. Die waren das herrschende Prinzip, und darüber würde er sich nicht hinwegtäuschen lassen. Aber die Sinne wurden von der Vernunft nur bezwungen. Vernunft war nicht „ratio“, sie war das vollkommene Mittel zur Geistbeherrschung der Person. Und Person war man nur da, wo man vernunftbegabt war. Aber es gab trotzdem offensichtlich Einflüsse, die sich der „ratio“ entzogen. – Denen hatte er sich Zeit seines Lebens zum großen Teil, aber nicht ganz, entziehen können. Seine Person wurzelte in seiner Ausstrahlung, seiner Macht, seinem Ansehen und der Kraft seiner Winkelzüge.

Vielleicht war er auch vor den Politik- und Hofintrigen in die Welt seines Romans geflüchtet, wo er alle, aber auch wirklich alle kriegerischen und politischen Konflikte selber lösen konnte. Leibniz hatte ihm damals, als sie noch befreundet waren, sein Leben vorgehalten. Warum war er aus einem treuen Anhänger des Kaisers plötzlich dessen Widersacher geworden? Warum hatte er Werbungen für den französischen König Ludwig XIV.

unterstützt? Und warum hatte er den Neutralitätsvertrag zum Nachteil der Reichsstände geschlossen? Dass Hannöversche und Cellische Truppen in das Wolfenbüttelche Territorium einrückten, hatte er nur sich selbst zuzuschreiben. Zwei Jahre später war sein frommer Bruder, der Alleinherrscher Rudolf August, gestorben. Anton Ulrich wurde schnell Alleinregent und versuchte jetzt, war ihm durch sein Militär nicht gelungen war: Für den Ehrgeiz seines Hauses mit einer geschickten Heiratspolitik seiner Enkelinnen zu arbeiten.

Er mochte Leibniz, aber in seiner Zeit waren schon viele politische Freundschaften durch Religionsfragen auseinandergegangen. Leibniz hatte es auch nicht gefallen, dass er mit renommierten Schönheiten seiner Zeit zierliche Billets austauschte. Leibniz hatte die Sprache dieser Briefe, die weitaus jüngeren Liebhabern Ehre gemacht hätten, nicht gebilligt. Und, mein Gott, hatte Leibniz gesagt, was hatte ein deutscher Fürst vier Mal in seinem Leben in Venedig zu suchen. Beim ersten Mal war er noch keine fünfzig gewesen, und seine Frau Elisabeth Juliane hatte ihn mit seinem kleinen Sohn und einem Teil der Hofmitglieder begleitet.

Natürlich war das Ganze von den Agenten der Stadtregierung Venedig sofort hinterbracht worden, und er, Anton Ulrich, wusste, dass er nur nach Venedig gereist war, weil diese Stadt der größte Opernmittepunkt in Europa war. Die Oper war nicht nur grandios, sondern auch sozialer Treffpunkt der Oberen. Mein Gott, der Palazzo Van Axel-Soranzo, seitlich von einem stillen abseitigen Kanal gelegen. Eine Treppe aus dem Wasser führte über einen kleinen Weg zu einem schmalen Eingangsportal. Der Palazzo war dreistöckig, eckig gebaut und stieß an seiner Hinterfront an kein anderes Gebäude mehr an. Der oberste Stock war in kleinem Maßstab oben auf das Dach des zweiten gesetzt. Auf der anderen Seite führte eine schmale lange Treppe zum Hintereingang, der ein gerundetes Portal hatte.

Zwei Stockwerke hatten als Piano Nobile gedient, und im Inneren befand sich ein schöner Garten mit Brunnen. Der Vorbau in den Garten hinein war von van Axel mit Friesen und Girlanden des Procurators von San Marco geschmückt. Van Axel hatte eine der größten Kunstsammlungen Italiens. Aber er, Herzog Anton Ulrich von Braunschweig, wusste auch, dass man Kunstwerke erwarb, um seinen sozialen Status zu festigen. Die Kunst schweißte vieles zusammen, was vom Stand her nicht zusammengehörte. Es gab natürlich auch Konkubinen in Venedig, die versucht hatten, ihm näherzukommen. Aber das reine Gefallen zweier Menschen aneinander, dieses schlichteste und tiefste der Liebesgefühle, hatte sich nie eingestellt. Und alles andere hatte ihn abgestoßen. Er hatte nicht vor, mit diesen Frauen an der einsamen Insel der Wollust anzulegen.

Die erste Venedig-Reise war keine Flucht gewesen, aber in seinem Fürstentum hatte es damals gebrodelt. Er blickte in den Spiegel. Er wusste, wie er aussah, er wusste aber auch, wie er vor vierzig Jahren ausgesehen hatte, das Bild von Hyacinthe Rigaud hing an der Wand. Sein Gesicht trug einen träumerischen, fast nonchalanten Ausdruck, milde, besorgt und doch herrscherlich. Und seine stahlblauen Augen schienen an dem Betrachter vorbei zu blicken. Er trug über seinem rechten Arm den Teil einer vergoldeten, schwarzblechernen Rüstung, aber diese Rüstung war nur Zier. Das weinrote Samtgewand darunter kleidete ihn viel besser. Am Hals wurde das Gewand von einem hellen Seidenschal zusammengehalten, und die riesenhafte Allongeperücke fiel über das Ganze.

Was war das Jenseits? Leben im Jenseits? Die Leute, auch die Priester, dachten, die Zeit ginge dort weiter. Die sogenannte „objektive Zeit" war aber gar nicht da, sie war ein Hilfskonstrukt des Menschen auf einer gedachten Linie. Die „objektive Zeit" war nur ein Hilfskonstrukt, denn jeder erlebte die Zeit anders. – Es gab also nichts, auch nicht die sogenannte „Uhrzeit", die im sogenannten Jenseits weiterlaufen könnte. – Diese

Gedanken regten ihn auf. Warum war er übergetreten? Er hatte es für sein Land und für seine Enkelinnen getan, obwohl Leibniz ihm abgeraten hatte. Falls er einmal aus der Linienzeit verschwinden würde, hatte er in seinem Testament schon bereits notiert:

Wan uns Gott aus dieser Zeitlichkeit abfodern wird, sol unser verblichener Leib, sobald er ohne einige eitele Pracht in den Sarg wird geleget sein, bei nächticher Zeit in unser fürstliches Erbbegräbnis zu Wolfenbüttel gebracht, und dabei alle Zeremonien unterlassen werden.

Er wusste, dass es neben dieser Zeitlichkeit eigentlich keine andere Zeitlichkeit geben würde. Leibniz hatte sich am Rande, und ziemlich verstreut, mit der Zeit beschäftigt. – Mit dem, was wir Zeit nennen: Ein schwammiger Begriff. Der Heilige Augustinus hatte das Beste darüber gesagt: Es gab kein Jetzt! – Wie sollte es denn damit in der Ewigkeit gehen? Die Ewigkeit war unendlich, und der Begriff „unendlich" kam aus dem Kopf. Mathematiker rechneten damit, aber wenn man „unendlich plus eins" sagte, geriet man schon in Paradoxien und Widersprüche. Ohne Gott konnte man diese Widersprüche nicht lösen. War die Ewigkeit nicht auch ein Paradox? – Die Welt und das, was uns umgab, in Begriffe zu fassen, war unmöglich. Leibniz hatte es an manchen Stellen gekonnt. – Zeit gab es nur, wenn man Gott mitdachte und *das man begreifen müsse, wie das Mysterium geschehe und bestehe.* Leibniz hatte wirklich „begreifen" gesagt!

Er sah noch einmal in den Spiegel. Spiegelte die Allongeperücke nicht die Dichte und Länge eines Haarwuchses vor, den kein Mensch haben konnte? – Der Fürst ein Monument! – In Marmor gehauen! Sternenstaub! – Das Bücherschreiben machte verrückt! – Aber nicht dieses klare Schreiben, wie er es betrieb. Vielleicht würde man ihn vierhundert Jahre später in seiner kleinen Kunst nachahmen. Er nahm den Gänsekiel und suchte, den Plan einer Schlacht zu zeichnen, die in seinem Roman vor Ninive stattgefunden hatte. Er zeichnete und schrieb; das

56

Abstrakte war ihm immer fremd geblieben! – Aber nicht das
Strategische, denn er war ein guter Schachspieler. – Hatte auch,
als Fürst, seine eigenen Bücher gut vermarktet. – Nach fünf
dicken Bänden musste die Quantität irgendwann in Qualität
umschlagen. – Es gab viel Handlung in seinen Büchern. Alle
fünf Seiten eine Änderung des Geschehens oder des Gemüts.
So etwas wollten die Leute lesen und keinen Schwulst, wie in
Zesens Assenat! Fortuna oder das Gelücke herrschten über die
menschlichen Ereignisse und setzen sich ohne Rücksicht auf die
geltenden Gesetze über alles hinweg. Er war jedem in seinem
Land an Geist und Willenskraft überlegen, und selbst wenn sein
Bruder Rudolf August 1704 nicht gestorben wäre, so hätte er
die Alleinherrschaft über sein Land doch bald erhalten.

Nur seine Ausstrahlung und sein starker Wille hatten ihn
sein geistiges und weltliches Terrain weiter ausdehnen lassen.
Sein Leben, diese Fortschreibung des Daseins im Mutterleib,
war an einem Punkt angekommen, wo er Resümee ziehen
musste. Seine Frau, die er sehr geliebt hatte, hatte ihren möglichen Tod vor ihm schon eingeplant. Sie hatte ihre innere Welt
vollkommen vor ihm ausgebreitet, und er hatte sie in manche
Fügung seines Romans eingebracht. Er hatte eine Frau geheiratet, die durch nichts aus der Fassung zu bringen war. Sie hatte
auch alle seine Bücher gelesen und, wie seine Schwester, daran
mitgearbeitet. Sie tropfte in seine Erinnerung: *Als knospendes
Mädchen, als begattete fruchtbare Königin, als mächtige und milde
Matriarchin eines altersheiteren, zufriedenen Wohllebens.* Seinen
Stolz und seinen Hang zu Pracht hatte sie geteilt. Die Schnellig-
keit, mit der sie aus Beobachtungen Schlüsse zog.

Sie hatte ihn gelehrt, in der Politik, dem Handel, der Literatur, in dem geheimen Conseil vorsichtig zu sein. Nähe war für
sie keine Schwäche, sondern Gelücke. Sie wusste viel von ihm,
und er von ihr. Sie wusste auch: Das Bewusstsein war eine Waffe, wenn man es langfristig in Lebensveränderung umsetzte. Ihr
Bild vom „Denken" war realistischer als seins, und so konnte

sie ihm manchen guten Rat geben. Ihr unverbesserlicher kluger Kopf. Er erinnerte sich, wie er seine hochschwangere Frau in ihrem Schlafkabinett besucht hatte. Kurz vor dem Gebären hatte sie ihm noch gute Ratschläge gegeben, die er in seine politischen Winkelzüge hatte umsetzen können. Seine Tochter Henriette Christine war schon im Alter von zwölf Jahren, nachdem seine Heiratsspekulationen sich nicht erfüllt hatten, als Cantonistin ins Stift Gandersheim eingetreten und zur Äbtissin gewählt worden. Aber 1712 hatte sie ein Kind von ihrem Oberhofmeister bekommen und musste ins Kloster Corvey und zum katholischen Glauben übertreten. Von dort schickte man sie ins Ursulinenkloster Roermond, wo er, Anton Ulrich, sie 1713 auf einer seiner Reisen in die Niederlande besucht hatte.

Das Schicksal seiner Tochter Henriette Christine hatte ihn gegenwärtiger gegenüber dem menschlichen Leben gezeigt. Er hatte für seine Kinder gesorgt, seine Söhne zu tapferen Prinzen und Kriegern gemacht, seine Töchter gut verheiratet bis auf Henriette Christine. Henriette hatte sich im Kloster auf das bisschen Lust und Liebe zurückziehen müssen, solange bis es sich durch die Geburt eines Sohnes erledigt hatte. Den Entschluss ihres Hofmeisters, Georg von Braun, seine, Anton Ulrichs Tochter, zu verführen, musste dieser kalt gefasst haben. Wie dieser sein Ziel erreicht hatte, wusste er nicht. Seine Tochter hatte ihm erzählt, dass sie geplant hatten, nachts aus dem Kloster zu fliehen: Eine Strickleiter aus einem Bettuch und so weiter. Aber es war vergeblich gewesen, und sie und ihr Hofmeister hatten einfach, blind auf das Glück vertrauend, weitergemacht. Für einen Selbstmord waren beide zu feige. Im Grunde hatte seine Tochter für ihren Fehltritt zu viel bezahlt.

Er dachte noch einmal an seine Konversion. Was war eigentlich tiefer Glaube? Manchmal hatte er das Gefühl, dass Glaube nur entstand, weil die Leute zu faul zum Denken waren. Aber Leibniz hatte in seiner Theodizee gezeigt, dass das Denken allein sich in Widersprüche verstrickte. Der feste Glaube war bei den meisten Leuten, die ihn besaßen, durch nichts, schon gar nicht durch einen Sprachangriff der Philosophie, zu erschüttern gewesen. Seinem ältesten Sohn hatte sein starker Glaube jedenfalls nicht geholfen. August Friedrich hatte von März bis Juli 1676 die Belagerung der Festung Philippsburg geleitet. Beim Sturm auf die Festung, der vollkommen gelungen war, traf ihn aber eine Kugel in den Hinterkopf. Man würde nicht leicht noch einmal einen Fürstensohn finden, bei dem Tapferkeit, Verstand und kluge Conduite in schöner Vereinigung zu sehen gewesen wären. Er, sein Vater, hatte damals Gedächtnismünzen und einen selten gewordenen Begräbnistaler prägen lassen. Mein Gott, dass die jungen Söhne so früh dahinstarben!

Er musste an das Gryphius-Gedicht Abend denken: *Der schnelle Tag ist hin / die Nacht schwingt ihre Fahn …* Gryphius hatte wie kein Zweiter die Kriegsgreuel und Hinterhältigkeiten des Krieges in Verse fassen können. Gryphius, siebzehn Jahre älter als er, würde er mit seinen beiden Romanen nie überflügeln, das wusste er. Gryphius war der bedeutsamste Dichter der deutschsprachigen Welt. 1628 hatte Gryphius mit zwölf Jahren erleben müssen, wie seine schlesische Heimatstadt Glogau rekatholisiert wurde. Aber der zwölfjährige Gryphius hatte damals weiter die evangelische Stadtschule von Glogau besucht. Nach dem Westfälischen Frieden von 1648 hatte Gryphius als Rechtsbeistand die Interessen der Landstände gegenüber dem Hause Habsburg vertreten. Der Dreißigjährige Krieg war zu Ende, man musste einfach vergessen, dass man einmal starb. Gryphius hatte auch die Pest erlebt und war dadurch für ihn, Anton Ulrich, zu einer Symbolfigur der Zeit geworden. Man hätte diesem breitgesichtigen Mann, der früh seine Eltern verloren hatte, eine solche Karriere in der Dichtung und im Recht nicht zugetraut. Er schrieb lateinisch so gut wie deutsch, aber das konnte er, Anton Ulrich, auch.

9. KANN DER VERSTAND DAS NATURRÄTSEL LÖSEN?

Er hatte sich mit Leibniz oft über Gryphius unterhalten, auch über das, was Leibniz über die Pest wusste. Die vielerorts in Deutschland aufflackernden Pestfälle waren nicht leicht zu identifizieren und die Angesteckten nicht leicht in die Isolation zu führen. Man konnte nie vorher wissen, wo die Seuche ausbrach, denn die Menschen und Soldaten machten weite Reisen. Es gab kein Mittel gegen diese Krankheit, man wusste nur, dass sie von Ratten übertragen wurde. Leibniz hatte ihm gesagt, irgendwann werde die Wissenschaft diese Krankheit besiegen. In der besten aller möglichen Welten könne der Mensch die göttlichen Gründe des Handelns nicht begreifen. Leibniz war von der völligen Bedingtheit jeglichen Geschehens überzeugt. Wenn das Spätere durch das Frühere bedingt war, brauchte man nur mit dem Verstand zurückzudenken und fand dann die erste Ursache. So würde man auch die Ursache der Pest finden. Nach Leibniz starb man eigentlich nicht. Man sank beim Sterben nur auf die unterste Stufe der Monadenhierarchie herab. Die Monaden waren beseelt. Auch Tiere waren beseelt. Lebewesen waren nur Aggregate, die in einem geistigen Akt gesetzt wurden. Ein Mensch war frei durch Zufälligkeit, Spontaneität und Einsicht. Jedenfalls grassierte die Pest immer noch im Reich, und selbst der Satz vom zureichenden Grund hatte die Gelehrten ihre Ursache nicht finden lassen. Ein Philosoph oder Wissenschaftler musste doch seine Meinung ändern, wenn er von neuen Ergebnissen hörte! Raum und Zeit waren Ordnungsstrukturen, vom

Kopf, vom Denken hervorgebracht. Letztendlich aber waren sie da, weil sie von Gott gedacht wurden.

Das Glück, das er – bis auf den Verlust seines ältesten Sohnes – erlebt hatte, hatte darin bestanden, so klar und unverworren zu sein wie möglich. Da stimmten er und Leibniz vollkommen überein. Und die richtige Seelenwissenschaft trugen die meisten Menschen, ohne es zu wissen, mit sich herum. Alle seine Figuren hatten auf ihren verschlungenen Wegen nach Vollkommenheit gestrebt. Wenn jemand in seinem, Anton Ulrichs Roman, verwerflich gehandelt hatte, geschah es aus einem geistigen Mangel heraus, nicht aus Schlechtigkeit. Aber das Menschliche war ihm und seinen Figuren doch nie fremd geblieben, obwohl er es in deren verschlungenen und abenteuerlichen Lebensläufen nur kurz und unterschwellig angedeutet hatte: *Das natürliche Blut / welches so viel Jahre gegeneinander erfroren gewesen / begunte sich an beiden Seiten / in dieser Ansprache / wieder zu erhitzen: Also dass sie mit Tränen einander umpfiengen / und unter sich eine völlige Vertraulichkeit wieder stifteten / auch zu deren Versicherung / ihre Kinder also fort einander versprachen.* Seine Schwester hätte am Hof bleiben oder Äbtissin in einem Stift oder Kloster werden sollen. Vielleicht aber wäre es ihr dort ergangen wie seiner Tochter Henriette. Er hatte ein paar Sätze über dieses Thema in den dritten Teil seiner Aramena eingebracht: *Ist dan die Liebe sogar böß (fragte Jethur /) dass sie und die Tugend unmöglich beisammen seyn können? Ich vermeine es: (gab Hercinde zur Antwort /) und bewegen mich / solches zu gläuben / die Taten / so die Liebe bei ihren Sklaven würket. Man ist ja verbunden / in dem man ihr folget / das für ein Laster zu halten / was doch an ihm selbst kein Laster ist.*

Solche Gesprächsstellen gab es viele in diesem Gemenge von Kämpfen, Intrigen, Verwechslungen, Kindsunterschiebungen und Gesprächen. *Ist nun nicht die Liebe (sagte auf diesen bericht / die Hercinde zu dem Jethur /) eine feindselige Gemüts-Bewegung / da sie aus verständigen so närrische Leute machet / und so unnötige*

Unruhe verursachet / die keinen anderen Zweck haben / als dass sie uns unser Leben verbittern?

Er selbst war auf seinen vielfachen Reisen nach Frankreich in die Niederlande und nach Venedig von mancher Versuchung angefallen worden. Er hatte in der Aramena geschrieben: *Warum aber schaffe die Natur so schöne creaturen / (widerredete Jethur) wenn man sie nicht lieben darf?* Er war von einigen zarten Schönheiten in diesen Ländern affiziert worden, aber seine Frau Elisabeth Juliane hatte immer gesiegt. Und er wusste um die Versuchung und hatte das auch niedergeschrieben: *So bleibet doch die Liebe nicht sonder marta: dan da ist Eiversucht / Sorge und stätige Unruhe / also dass ein Gemüt nie kan freiwerden / seine Gedanken zu dapfern tugendhaften Verrichtungen zu erheben.*

Er hatte ein halbes Leben damit verbracht, den Gefühlen nachzuforschen, die ihn mit den anderen verbanden. Er erinnerte sich an ein Gespräch mit seiner Schwester, dass er kurz vor ihrer Eheschließung mit ihre geführt hatte. Sie konnte schon als Kind ziemlich eigenbrötlerisch sein. Und er hatte damals sein ganzes Misstrauen gegen ihre Wahl gefühlt.

Ich habe überhaupt nie begriffen, wie du mit diesem Mann leben willst!

Ich habe es dir doch schon gesagt.

Gab es einen besonderen Grund? Liebe?

Nein! – Ich wollte einen eigenen Hof.

An ihre Hingabe hatte er nicht denken können. Und von der weiblichen Schwäche hatte sie auch nichts.

Sie fuhr fort: Ich habe dir meine Meinung noch in jeder Frage anvertraut. Ich bin eigentlich hart. Ich brauche dich an deine Bruderpflichten wohl nicht zu erinnern. Wir sind auch über die Entfernung miteinander verbunden.

Er dachte daran, was seine Schwester über den Pöbel gesagt hatte. Er hatte selbst im III. Teil der Aramena das Wort „Pöbel" gebraucht. – Durch Tugend, großes Gemüt, Gerechtigkeit und Ehrerbietung, keusche Liebe und Gottgelassenheit hob man sich von ihm ab. Er wusste nicht, ob Leibniz ihm da zugestimmt hätte. Leibniz hatte ihm erklärt, dass es keine Bereiche gab, die sich dem Geist entziehen konnten. Die Leistung der Person bestand in der Tugend, und die Seele der Tugend war der Verstand. Er hatte aber in seinem Testament auch schon geschrieben, dass die Tugend in Ansehen und Wirkung ausstrahlen musste. Diese Ausstrahlung wurde durch die Schönheit verkörpert. Schönheit und Tugend machten erst Freunde.

Aus dieser Welt waren Lüge und Misstrauen verbannt. Er hatte die Tugend auch in seinem Kunstwerk, der Durchleuchtigen Aramena, darstellen wollen. Tugend war aber auch Christentum, nicht nur Machtpolitik. Fides, spes und caritas hatten ihn zum Katholizismus übertreten lassen. Daraus resultierte die Haupttugend des Hofmannes, die Bescheidenheit. Er hatte bei Gryphius das Wort vom *unverzagten Mut* gelesen, und das hatte sich tief in sein Inneres eingegraben. Diese Gedanken tauchten in seinem Roman ab und zu in kleinen Rückblenden oder kurzen Reflexionen auf, die die einzelnen Figuren beleuchteten.

Die Macht fiktiver Geschichten war stark. An der Weltgeschichte, die er, Anton Ulrich, eine Zeitlang gesteuert hatte, lebten die meisten Menschen vorbei. Man kann nur Leben wiedergeben, und er gab sein Leben und das Leben seiner Umgebung wieder. Selbst die privatesten Gespräche in seiner Aramena waren mit *großer Wohlredenheit* geführt, allesamt rhetorisch gegliedert. Er wusste aber auch, dass er für die damalige Zeit ein klares, gegliedertes, gar nicht verzwicktes Deutsch geschrieben hatte. Und die äußere Realität im Fürstentum Braunschweig Wolfenbüttel war im Aramena-Roman zunehmend überlagert von seinen Handlungsausschweifungen, die eine eigenartig neue Dimension von Realität hatten entstehen lassen. Erinnerung war stets vorhanden, aber die Menschen seines Standes glaubten nicht, dass man sie unbedingt allen erzählen müssten. Erzählen konnte eigentlich jeder, und jeder war auch zum Schriftsteller geboren, wie Grimmelshausen gezeigt hatte. Grimmelshausen hatte über die Gegenwart geschrieben, er über eine in biblische Zeiten hineinreichende Vergangenheit. Aber doch mit einer Klarheit und Modernität, die ihresgleichen suchte.

Er sah Leibniz' Theodizee auf dem Tisch liegen, schlug sie auf und las: *Man fragt: Woher kommt das Übel? Wenn Gott ist, woher kommt da das Übel und wenn er nicht ist, woher kommt da das Gute? Die Alten verlegten die Ursache des Übels in den Stoff, welchen sie für unerschaffen und von Gott abhängig annahmen; allein wo sollen wir, die alles Sein von Gott ableiten, die Quelle des Übels suchen? Die Antwort lautet, dass sie in der idealen Natur des Geschöpfes zu suchen sei, soweit diese Natur in den ewigen Wahrheiten eingeschlossen ist, welche in dem Verstande Gottes unabhängig von seinem Willen bestehen.*

Ihm fiel ein, dass Leibniz damit Gott vermenschlicht hatte. Aber konnte man über Gott ohne Vermenschlichung überhaupt nachdenken? Er wusste nicht, wie er darauf kam, aber ihm fiel ein, dass er noch nie eifersüchtig auf seine Frau gewesen war. Eifersucht kam von selbst, wenn nur ein anderer in der Nähe war, selbst bei den Tieren. Er hatte es bei seinen Jagdhunden oft genug gesehen, besonders wenn es Hündinnen waren! Er blätterte um und las die These fünfundzwanzig in der Theodizee: *Die Regel, welche sagt, man dürfe nichts Böses tun, damit Gutes hervorgehe und welche ein moralisches Übel nicht gestattet, um ein physisches Gut zu erlangen, wird damit bestätigt und keineswegs verletzt.* Mit diesem Satz war Leibniz im Grunde amoralischer als Machiavell. Wenn man so etwas schreiben konnte, durfte es keinen Gott geben, sondern höchstens die Gemütslage des Bei-Sich-Seins. Sie konnte vielleicht am ehesten über Machiavell hinweghelfen. Er wusste, dass das Denken der Zeit ein Schwarz-Weiß-Denken war, hin und her oszillierend zwischen Gott und dem Teufel. Wenn das Sittliche nicht in den Vordergrund rückte, war es aus mit der Welt. Und wenn der Edelmut nicht herrschte, ging sein Stand zugrunde. Ja, seine Aramena war in seinem Roman zweimal bereit gewesen, als Märtyrerin zu sterben: Für ihren Glauben und für ihren Stand. Selbstmord hatte er im fünften Band seiner Aramena nur als Selbstgericht des absolut Bösen zugelassen. Vielleicht noch als letzte, heldenhafte Behauptung der Tugend.

Niemand durfte seine Entscheidungen von der Art des Auftretens seines Gegenübers abhängig machen. Wenn sein Gegenüber nur Dominanz und keine Ehrerbietung ausgedrückt hatte, war es mit seiner Anerkennung schon vorbei. Er hatte Fürsten kennengelernt, die unglaublich dreist und selbstsicher versucht hatten, ihn zu täuschen. Aber es hatte ihnen nichts genützt. Manchmal sollten ihre Gedankenwelten auch nur dazu dienen, ihn aus dem Konzept zu bringen. Er hatte sich nie Leute ausgesucht, die freundlich, offen und leicht zu beeinflussen waren. Die pure Unvernunft gab sich schnell zu erkennen. Manchmal hatten ihn diese Menschen auch angeschwiegen, um ihn zu zwingen, etwas zu sagen. Er kannte diese Kunstgriffe und wehrte sich dagegen mit Verachtung. Wenn man sich dagegen wehrte, wurde man unsicher und geriet in die untergeordnete Position! – Dieser Kunstgriff war genial, aber er durchschaute ihn sofort.

10. DAS PAPIERENE KIND

Alle diese Erkenntnisse hatten ihm besonders in Italien genützt, wo fremde Autoritäten ständig versuchten, ihn ihr Übergewicht spüren zu lassen. Kunstwerke kaufen. – Venedig war eines der Hauptziele und der wichtigste Handelsplatz für Kunst. Er erwarb dort vor allem Möbel, Schmuck und Gemälde von hoher Qualität, die er später in Wolfenbüttel und Salzdahlum ausstellte. Es hatte nach dem Dreißigjährigen Krieg eine Zeit des relativen Wohlstands in Deutschland gegeben, und der Hof war dessen kulturelles Zentrum. Die Höfe in Celle und Hannover waren starke Konkurrenten, und er musste mit seinen Käufen schnell und auf dem Quivive sein. Er hatte in Paris den jungen Ludwig XIV. kennengelernt, den er sein ganzes Leben lang imitieren würde. Seine Opern, Balletts und Komödien hatte er selbst geschrieben und in den Opernhäusern, die er in seinem Herzogtum aufgebaut hatte, aufführen lassen. Aber das Wichtigste war die Geschichte, die hatte ihm geholfen, seine großen, vielbändigen Romane zu schreiben. Das Zweitwichtigste war, sich nach der Pariser Mode zu kleiden. Das hatte er sein ganzes Leben lang beibehalten.

Sein Lieblingsbild fand sich nicht unter den christlichen oder antiken Sammlungen, sondern es war das Portrait eines Lautenspielers von Leandro dal Ponte, der auch Bassono genannt wurde. Vor dunklem Hintergrund spielte ein fast kahlköpfiger Mann mit dunklem Haarkranz und aufgeblättertem weißen Kragen über einem ebenso dunklen Gewand mit nach oben gewendeten Augen kunstvoll und ergriffen eine mächtige Laute, die wie eine überseeische Frucht vor seinem Brustkorb hing. Mit seinen linken vier Fingern vollführte er einen schwierigen Griff in den unteren Bünden auf dem vielsaitigen Instrument.

Seine Rechte schlug die Saiten und es hatte ihm, Anton Ulrich, immer geschienen, als wäre diese Hand dauernd in Bewegung. Ein schöneres Hingegebensein an Musik und Lautenspiel hatte er in seinem Leben noch auf keinem Bild gesehen. Er hatte diesen Lautenspieler, dessen Namen er vergessen hatte, in Venedig ein paar Mal beim Karneval gehört und nie vergessen. Deshalb hatte er auch sein Bild erworben.

Alles, was er gekauft hatte, hatte auch seiner Frau gefallen, und die war bei seinen vier Reisen nach Venedig mindestens dreimal dabei gewesen. Seine Frau war gleichzeitig seine Cousine, aber keine vergessene Schwester. Sie hatten von der Größe her gut zusammengepasst. Seine Schwester war etwas kleiner als er. Ihre Glieder schmal, die die natürliche Leistungsfähigkeit mit Schönheit vereinten. Ihr Gesicht war seinem nicht sehr ähnlich, und auf dem Bild, das er für sich hatte malen lassen, sah sie aus wie auf einem Holzschnitt. Manchmal konnte sie sehr eigensinnig sein. Dieser Eigensinn aber hatte ihr geholfen, die ersten tausend Seiten des Aramena-Romans zu beginnen und fortzuschreiben, und manchmal hatte er gedacht, dass sie nur wegen der engen Beziehung zu ihm, die seiner Frau ein Dorn im Auge gewesen war, nach Holstein gegangen war. Sie hatte es ihm damals vernünftig zu erklären versucht, aber er hatte ihren Entschluss, mit vierunddreißig Jahren noch zu heiraten, nie begriffen. Sie hatte doch die Cassandre und die Cléopatre von La Calprenède übersetzt und zwei starke Bücher mit religiösen Meditationen herausgegeben. Sie war das Ur-Geschwister, die Mutter seiner Gedanken. Hatte sie vor dem Holsteiner einen anderen geliebt, den sie nicht bekommen hatte? Als er sie einmal danach gefragt hatte, hatte sie geantwortet: „Ich habe meinen Vater geliebt!" – Das hatte sie Überwindung gekostet, denn danach hatten sie nicht mehr viel geredet. Ihre Antwort hatte ihn, ihren Bruder, verletzt. Ihr beider Vater hatte ihnen die beste Erziehung angedeihen lassen, die für Fürstenkinder möglich war. Sie hatte Anton Ulrich einiges gesagt, aber doch nicht das Entscheidende. Die Erinnerungen zweier Menschen, die eine gemeinsame Vergangenheit hatten, konnten verschmelzen. Ihr beider Vergleich war in der Aramena verschmolzen. Das Schreiben war auch eine moralische Aufgabe.

Der Bluts-Freundschaft gewidmet hatte der Untertitel des dritten Bandes der Aramena gelautet. – Und die *Zuschrift an die Bluts-Freundin: den Kupfer-Titel erklärend* war auch sehr schön gewesen:

So bildt die Freundschaft sich / in der Geblütes Brunst /
Blößt treue Doppel-Brunst / ist einig in zwey Herzen;
Leucht / wie der Himmel thut / lässt scheinen seine
Kerzen.
Auch so die Föbe fühlt / und Föbus / Wechselgunst:
Leisst oft schon Ort und Zeit Sie beide weit vonsammen.
Un-müd / das Bruder-Licht / lacht auf die Schwester
zu.
Als auch ein Rehbock-Paar hält gerne gepaarte Ruh.
Zugleich die Föbus-Leyr hallt von den
Eintracht-flammen.
Geh / Aramena / zeug von wahrer Seelen-Treu!
Herz-innigst sie sich auf / aus einem Stamme schwinget
Zart mit dem Schwester-Zweig / der sie / sie ihn /
umschlinget.
Bring ihr / diß Unterpfand verwandter Freundschaft /
bey.
Unendlich dieser Baum zum Grunen sich verpflichte.
Bricht dan die Zeit davon ach! Feigen-süße Früchte.

Es war eine Aufgabe für sie beide gewesen! – Sie hatte den Roman begonnen, und er hatte das papierene Kind großgezogen, indem er, nach ihrem einen Band, noch vier weitere dicke Bände geschrieben hatte. Mein Gott, konnte man denn Geschwister-Freundschaft oder -Liebe anders darstellen? Das

Ganze war eine Phantasie um ihre enge Zusammengehörigkeit, die Marsilio Ficino nicht besser hätte beschreiben können. Seine Schwester hatte für das Privileg der Frauen, nämlich gebären zu können, einen Roman geschrieben, den ihr Bruder fortschrieb. Das hatte eine enge Gedankenverbindung zwischen ihnen geschaffen! Ursula Sibylle schien es für aussichtslos zu halten, ihrem Bruder ihren Heiratsentschluss zu erklären. Ihre Ehe war in vollkommenster äußerer Ordnung. Es hatte vier Kinder gegeben, aber trotzdem Meinungsverschiedenheiten mit ihrem Mann. Den zog es weder zum Trunk noch zum Spiel, aber ab und zu war er in Bordelle gegangen und hatte sich und sie infiziert. Zusammen mit ihrem vierten Kind war sie gestorben. Sie hätte ein besseres Leben verdient. Sie hatte sich nie unter den Einfluss ihres Mannes begeben, dazu war sie zu selbstständig.

Anton Ulrich erinnerte sich an eines ihrer letzten Gespräche zu Hause. Seine Schwester war in ein bis an die Knöchel reichendes Kleid aus Samtstoff gehüllt, in dem sie wie auf einem Bild von Hyacinthe Rigaud aussah. Sie trug fleischfarbene Strümpfe, und der Spann ihres Fußes steckte in den damals modischen, hochhackigen Schuhen. Die Tendenz, in der sie miteinander sprachen, gehörte einer anderen Sphäre an. Sie hatte sich auf einen Sessel gesetzt und die Füße unter ihr Kleid gezogen. Er hatte ihr eine Stelle aus dem dritten Teil der Aramena vorgelesen: *Ach liebste Adonisedeche! Was nützet mir dein Leben / wenn ich nun nicht mehr für dich leben kan? So über die Maßen wollte er gar nicht geliebt sein.* Einen Aufruhr des Gefühls musste er unterdrücken. Sie war aufgestanden, trat vor ihn und wedelte mit ihrer Hand vor seinen Augen. Ohne dass sie sich verständigt hätten oder darüber gesprochen hätten, verließen sie den Raum und wandelten in den Schlosspark. Damals waren sie sich großartig vorgekommen, heute dachte er gereifter darüber. Sie spürte, dass er über ihre späte Heirat nachdachte und sagte, die Familienexistenz sei nicht die gesamte Existenz. Vielleicht war der sogenannte Kollektivgeist nur ein Kollektivegoist. Sie musste heiraten, obwohl sie eigentlich lieber weiter Geistliche Seufzer geschrieben hätte.

Er hatte sich zwischen der Eitelkeit der Welt und der Vernunft für die Vernunft entschieden. Für den Menschen, *der auf den Anfang sieht / von wannen er entsprossen / und auch sein End erwägt.* Stolze Ruh hat er dazu im ersten Teil der Durchleuchtigen Aramena geschrieben. Die Theatralik der Liebe hatte ihn immer unberührt gelassen. Sein Körper sagte ihm, dass sich die Gefühle bald verlieren würden, die unmittelbar aus der Selbstgewissheit kamen. Selbstgewissheit, das war auch Gottgelassenheit, wie er sie in seiner Aramena beschreibt: *Die Königin von Syrien bei diesem Schrecken ... die Augen und Hände gehen himmelkehrend / sich dessen Verordnung und Schickung in Geduld unterwarfe.*

Er zitierte in Gedanken wieder die Aramena: *Hierauf wandte sie sich ganz von der Welt ab / und schwunge sich mit ihren Gedanken in den Himmel: Da denn die Schönheit desselben / und die beständige Ruhe / welche sie darin zu gewarten hatte / ihre Sinne dermaßen einname / da sie nun sich recht glücklich zu achten anfinge.*

Unser Kosmos ruhte in den Händen des weisen Regenten. Selbstsucht oder Liebe? Natürlich die Liebe! Will man die höhere Natur ausleben, so muss die niedere verkümmern. Das wusste seine Schwester auch. Vielleicht gab ihr ja ihr Bruder ein Stück ihrer Freiheit zurück. Sie hatte die höfische Wirklichkeit in ihrer Kindheit und Jugend am Hof genau kennengelernt. Und sie hatte auch keine Lust, das Leben ohne Gefühl hinunterzuschlingen. Wo war überhaupt der Ort des Menschen im Weltgefüge? Für sie, ihren Bruder, ihren Mann und ihre Familie sicher im höfischen Weltgefüge. Leibniz hatte die Unendlichkeit endlich gemacht, weil man mit diesem Wort nun auf einmal rechnen konnte. Das mystische Zentrum der Welt war die Unendlichkeit, wie die Kirchenbaumeister sie in der Aneinanderschichtung homogener Raumschalen symbolisiert hatten.

Sie breitete die Arme aus, und er tauchte mit einer zierlichen
Bewegung unter ihrem linken Arm hindurch, bis er hinter ihr
stand.

Liebe und Kameradschaft bleiben uns noch. Sie war eine
begabte Frau und eine gute Beobachterin ihres Bruders.

Du hast das höfische Bedürfnis, angebetet zu werden, sagte
sie.

Sie waren jetzt schon vor dem Schloss mit seinen engen
hohen Fensterreihen, so eng, dass man die ganze Fassade für
ein Fenster halten konnte, und gingen vor der durchlöcherten,
niedrigen weißen Mauer, an den Statuen vorbei, hin und her.
Der Landbaumeister Korb hatte das alte mittelalterliche Mau-
erwerk mit barocken Schaufassaden verblendet. Es war wirklich
schön geworden.

Pflicht, rief Ursula Sibylle, du hasst sie genauso wie ich.

Nach elf Romanbänden von je siebenhundert Seiten und
einigen Haupt- und Staatsaktionen, wandte er sich seiner
eigentlichen Berufung zu: Möglichst viele Nachkommen seiner
eigenen Familie auf die europäischen und deutschen Fürsten-
throne zu platzieren. Die Welt ist höfisch, und das Höfische
kann nur die Familie weitertragen.

11. IN ERWARTUNG DER VERWUNDERUNG

Der richtige Gebrauch der Worte in ihrer Aramena hatte ihm lange Jahre Schutz vor der Intrigenwelt gegeben, die ihn und seine Schwester umgab. Er hatte die Welt um sie beide nicht begreifen können, er hatte sie verinnerlicht. Er tat einfach, was er vom Säuglingsalter und seiner Jugend her gewohnt war. Seine Schwester hatte ihn mit Literatur angesteckt, als er noch nichts davon verstand. Gemeinsam fühlten sie jetzt die Selbstvergessenheit, die ihnen das gemeinsame Schreiben geschenkt hatte. Ihre Durchleuchtige Aramena hatte durch ihre vielen wechselnden Intrigen, und die Verkleidungen gezeigt, dass das, was die Menschen Liebe nannten, nur eine Fassade war, wenn sie nicht mit der Person einhergingen. Das Herz und die Vernunft mussten auf jeden Fall beteiligt sein. Er wusste jedoch auch von Leibniz, dass das Glück wandelbar war und das Verhängnis immer wartete. Das Glück war wie ein echtes Weib, sagte Machiavell, es lässt sich lieber unterjochen, als ruhig, und langsam kalt gewonnen zu werden. Gegen Fortuna konnte auch die echte, höfische Liebe nicht anrennen. Glück war immer wandelbar, so sagte es der Geist seiner Zeit. Das Gesetz, dass es für alles Gründe gibt, kann überrannt werden vom Gesetz der Fortuna. Aber er glaubte doch, dass die Liebe sich immer aus den Verschlingungen der Fortuna emporwinden würde. Clair obscur, das dunkle Licht des Philosophen Pascal!

Es war schon spät abends. Er erwachte aus seinen Gedanken, vergaß das erinnerte Gespräch mit seiner Schwester und hatte plötzlich das Gefühl, gleich würde etwas passieren, und tatsächlich geschah etwas. – Er hatte schon seit Tagen bemerkt, wie sich um ihn herum etwas zu verändern begonnen hatte. Die ganze Atmosphäre im Schloss, auch in Salzdahlum, hatte einen anderen Duft bekommen. Die Domestiken hörten auf zu reden, wenn er auftauchte, sein Leibarzt rieb ihn morgens nur noch ganz oberflächlich mit Parfüm ab, und er glaubte, dass man hinter seinem Rücken über sein „Katholikentum" schwätzte. Das ganze Herzogtum war doch immer evangelisch gewesen. Mit siebenundsiebzig Jahren noch überzutreten …

Wie konnte man einen Fürsten nach einem solchen Krieg in Europa anklagen oder über ihn reden, ein Krieg, in dem viele Parteien immer wieder die Fronten gewechselt hatten und in den nicht einmal immer Glaube, Verrat, Seitenwechsel oder Kriegslist eine Rolle gespielt hatten, sondern nur Geld, Einfluss, Zufälle und in erster Linie die Macht. – Warum war er von einem treuen Anhänger zu einem Widersacher des Kaisers geworden? – Man hatte damals die Meldung gestreut, er wolle sich Hannovers und Celles bemächtigen, wenn diese dem Kaiser zur Hilfe eilen würden. Sein Bruder, der damals noch Hauptregent war, war zu schwach, sich gegen solche Gerüchte zu wehren, und so hatten am 20. März 1702 Hannoversche und Cellische Truppen Braunschweig und Wolfenbüttel besetzt. – Gott sei Dank war seinem Kanzler von Wandhausen vier Jahre später die Aussöhnung gelungen. – Seither hatte er, Anton Ulrich, nur noch durch geschickte Heiraten seiner Töchter und Enkelinnen versucht, Politik zu machen. Aber die Atmosphäre am Hof und in der ganzen Umgebung schien vergiftet. – Wie war es denn Wallenstein ergangen, der noch höher gestiegen war als er? – Drei Tage bevor ihn ein vieltausendköpfiges Heer aus Eger, wohin man ihn gelockt hatte, befreien konnte, um ihn einem unsäglichen Triumph zuzuführen, hatte ihn ein gedungener Mörder namens Deveroux mit einer Hellebarde die Brust durchbohrt.

Die Religionsfreiheit galt auch für ihn, und er hatte davon Gebrauch gemacht. Und was hatte er nicht alles für die Künste und Wissenschaften in seinem Herzogtum getan! – Aber er wusste, dass manche Bürger mit den Zähnen knirschten. Er hatte eine große Zahl von Kirchen gebaut und die Kosten zum Teil aus seinem Privatvermögen bezahlt. – Und was war mit dem nach dem Vorbild von Schloss Marly-Le-Roi gebauten Lustschloss Salzdahlum, eine Stunde von Wolfenbüttel? – Der Lustgarten dort, der Parnass, die Wasserkünste, der Wald von Statuen und die wertvollste Kunstsammlung Europas! Doch auch für die Menschen gedacht, die dort wohnten! – Eine Klosterbibliothek, ein Predigerseminar und die Reform des Catharinengymnasiums! Die Fruchtbringende Gesellschaft, seine Romane ... Er mochte gar nicht über alles nachdenken. Aber die Stimmung im Palast, so nannte er jedes seiner beiden Schlösser, war merkwürdig geworden. – Er würde versuchen, den einen oder anderen in seiner Umgebung besser auszuforschen. Er hatte doch in seiner Aramena Intrigen aller Art, Verschwörungen und menschliche Hinterlist beschrieben, und er wusste, was sie anrichtete und sollte sie nicht in seiner eigenen Umwelt erkennen? Er griff nach dem Buch, schlug es blindlings auf und las im zweiten Buch auf Seite zweihundertvier: *Durch diesen Bericht / wurde des getreuen Thebah Gemüte dermassen wieder aufgerichtet / ... Was ist aber / (fiele ihm Zophar in die rede /) von deren längst vorher ausgestreute Zetteln zu halten / welche gleichwol so gewiß / der Ankunft des noch lebenden Aramenes / uns versichern wolten? Wann hieran etwas warhaftes gewesen wäre / (antwortete Thebah /) so würde / bei jetziger Unruhe in Syrien / dieser vorhandene Aramenes nicht gesäumet haben / den Syrern sich zu zeigen: weil er ja keine bässere Gelegenheit / als diese überkommen können / sich auf den Thron zu setzen.*

Er hatte das meiste zur *erweckung der verwunderung* geschrieben. Auch um *mit leiden / freude / furcht / hoffnung und verwunderung* zu erzeugen. Aber er wusste, dass das, was hinter seinen Erzählungen stand, pure Realität war, die er selbst erlebt hatte, und manchen Schachzug, manche Intrige, die er darin beschrieb, hatte er selbst ausgeführt: Ins Assyrische transponiert! – Natürlich konnte nur ein höfischer Mensch so hinter die Kulissen schauen und darin das Erhabene zeigen. Sein Zeitalter würde die letzte religiöse Epoche sein, das hatte er sich längst klargemacht. Aber auch die Zwiegesichtigkeit seiner Zeit hatte er in seinem Roman gezeigt! Seine Zeit! Ja, sie war so reich: Schäfereyen, Geistliche Hirtendichtung, Geistliches Lied, Posse, Geistliche Tragödie, derbe Lustspiele, Spees Güldenes Tugendbuch und seine Trutznachtigall. Lateinische Jesuitenlyrik, die moralischen Gedichte Baldes, Baldes Charaktertragödie Jephtias, Silesius. – Und dann natürlich die Romane: Zesens Assenat, Grimmelshausens Simplicissimus, seine Aramena und die Römische Octavia! Die Sofonisbe! Auch Frauen, wie Catharina von Greiffenberg, hatten in ihren Gedichten und Dramen mit der Gegenreformation kämpfen müssen.

12. GUTES ENDE EINER VERSCHWÖRUNG

Etwas in seinem Reich war anders, und er merkte es als Erster an der Atmosphäre. Diese Atmosphäre war die des großen Kontinents, der vor gar nicht langer Zeit entdeckt worden war. Sein Land würde man nicht in das Besitztum eines anderen oder eines anderen Herrscherhauses verwandeln. Warum hatte er sich überhaupt für zwei Tage aus Salzdahlum in dieses Schloss zurückgezogen? Er dachte darüber nach, was passiert sein könnte. Er hatte festgestellt: Irgendjemand versuchte aus dem Hintergrund die Fäden zu ziehen. Vielleicht der, der sich Oberhofmeister nannte. Ein Dolch für ihn wäre zu offen, lieber eine Ingredienz. – Aber wenn dieser es nicht war? – Er musste abwarten und beobachten. Der Bursche war ihm schon einmal dadurch aufgefallen, dass er sich nicht an die Kleiderordnung bei Hof hielt. Er vernachlässigte sich, und seine Vernachlässigung war eine Provokation – für ihn und für den ganzen Hof. So begann ein Niedergang! – Er hoffte, dass die höfische Zeit mit ihren meubles, Bildern, ihrer Kunst, Musik und Literatur, ihrem Zeremoniell ihnen allen noch eine Zeitlang würde erhalten bleiben. – Die Zeit war großartig, es war SEINE Zeit. Er war der bedeutendste Fürst im Norden Deutschlands. – Natürlich waren die Süddeutschen weniger stark vom Französischen beeinflusst worden. Aber dieses eine Jahr 1665, seine Kavalierstour, hatten ihm dieses schöne Land, dessen König und dessen Kunst und Literatur sehr nahe gebracht. Bis zu seiner Kavalierstour hatten sich die deutschen Fürsten als Mäzene hauptsächlich an der Kunst Italiens und der Niederlande orientiert.

Kunst zu sammeln war auch ein politisches Phänomen, eine Modeerscheinung. Er hatte auch hauptsächlich deutsche und italienische Künstler an seinem Hof beschäftigt und weniger französische. Die Opern und Ballette, die er, Anton Ulrich, für seine Schauspielhäuser geschrieben hatte, verdankten sich aber ausschließlich französischen Einflüssen. Außerdem sprach er, wie der ganze Adel, perfekt Französisch.

Er versuchte, sich aufzurichten und vor sich hin zu sprechen: „Ich bin doch ein Fürst, mehr noch: Ein König! – Je suis le roi!" Andere Könige hatte man eingesperrt. Soweit würde er es nicht kommen lassen. Er musste herausfinden, wer an der Klimavergiftung im Schloss und im Land Schuld war. Dann würde er ihn hängen lassen. Und wenn er unschuldig war? – Auch das würde dem Schuldigen umso mehr Angst machen. – So hatte Wallenstein auf einem seiner Heerzüge zu einem angeblichen Plünderer gesprochen, ihn aber dann doch freigelassen, weil der Einschüchterung zu Genüge getan war. Wallenstein war ein guter Feldherr gewesen, und die Soldateska aus ganz Europa war ihm zugelaufen: Wegen des guten Soldes, der Freigabe der besetzten Ländereien für Plünderungen und seiner märchenhaften Kriegserfolge.

Aber er, Anton Ulrich, war nicht Wallenstein, der sich schließlich doch überhoben und, seiner selbst vergessen, gehandelt hatte. Er würde herausbekommen, was sich hinter seinem Rücken tat. – Denn tun musste sich dort etwas, ohne Zweifel! – Er wusste um die Flüchtigkeit des menschlichen Lebens und die Eitelkeit menschlichen Strebens nach Macht, Liebe und Glück und hatte sein ganzes Leben lang versucht, diese drei Einheiten in Gleichklang zu halten. Wenigstens hatte er sich keine Mätressen zugelegt und seine Frau Elisabeth Juliane geliebt. An ihre Trauerfeier erinnerte er sich kaum noch. Die Solemnitäten bei solchen Anlässen liefen immer gleich ab. Hunderte von Beileidsschreiben von allen Höfen. Die waren tatsächlich Trost gewesen. Die Bevölkerung hatte Gelegenheit, fast drei Wochen von ihrer Landesherrin Abschied zu nehmen. – Die Grablegung: Der Sarg von vielen Lakaien in schwarzen Röcken getragen.

Und was war mit seiner „Verschwörung"? – Fand alles nur in seinem Kopf, in seiner Einbildung statt? – Er stellte sich vor, wie er einen Mohren, den man als Meuchelmörder gedungen hatte, entwaffnen würde. Aber seine Gegner würden trotzdem ihre Ruhe nicht verlieren. Er wusste, dass er mit seinem Gefühl Recht und dass er ein Gespür ohnegleichen hatte. Und er wusste auch, dass er jetzt, mit fast achtzig Jahren, methodisch würde vorgehen müssen. – Durch Denken, erstmal Denken, ließ sich alles lösen!

Einige Hofdamen seiner Mutter hatten damals versucht, seine Cousine, also seine spätere Frau, vom Mann weg und zum eigenen Geschlecht hinzuziehen. Es war ihnen nicht gelungen, aber seine Frau hatte diese Episode lange in sich herumgetragen, bis er es durch reines, genaues Denken entdeckt hatte. Die jungen Frauen im Hofleben, ebenso die Männer, wurden sich ihrer wahren Identität erst spät bewusst, eigentlich erst durch die Heirat. Aber er wusste auch, wie leicht eine junge Person durch Geschick, Suggestion und Freundschaftsangebote von ihrer Person hinweggebracht werden konnte. – Zunächst allein am Hof, aus einem ganz anderen Herzogtum kommend, nahm man jedes Angebot an Zuwendung, scheinbarer Affinität und Wärme an. – Er hatte nie mit seiner Frau darüber gesprochen, die in ihrer beider glücklichen Ehe vollkommen aufgegangen war und die ja dreizehn Kindern mit fortune großgezogen hatte und diese zu erfolgreichen Fürsten und Fürstinnen hatte werden lassen.

Das Nachdenken über seine Familie hielt ihn von der Analyse seines höfischen Umfeldes ab. Es hatte genug Fürstenstürze gegeben und alles war nur geschehen, weil die Potentaten ihr Umfeld und die Atmosphäre nicht richtig eingeschätzt, vielleicht auch nur zu naiv analysiert hatten. Irgendjemand wollte ihn ersetzen, jemand im Hintergrund. Aber der „Hintergrund" bestand aus einer Reihe von Geschöpfen, die sich bedeckt hielten und miteinander verbunden waren. Er schrieb sich immer noch zärtliche Briefe mit bedeutenden Schönheiten seiner Zeit, trotz seiner Jahre. Vielleicht lag da der Schüssel. Einige von ihnen hatte er sogar besucht, und eine hatte ihm sogar erzählt, wie sie den vorgeblichen Trost eines Lebemannes mit Abscheu zurückgewiesen hatte. Vielleicht hatte man über diesen Weg versucht, ihn zu entern. – Es konnte auch Zwietracht unter den Bauern und Untertanen gesät worden sein, und ein Schloss wie seines war schnell gestürmt. – Aber von Brotrevolten war sein Land weit entfernt. Es ging vielen gut. Einige Missvergnügte gab es immer. Wenn der Monarch ein starker Löwe war, der herrschen konnte, war alles bestens. Aber er, Anton Ulrich, war ein Löwe, der alt wurde und an dem sich scheinbar ein paar Hyänen reiben wollten. Ihr „Duft" war schon bis in den Palast gedrungen. Zur Not würde er die Folter einsetzen. Er hatte sein Selbstbewusstsein wiedergefunden, er würde alles mit purem Verstand und seinem Sohn und künftigen Nachfolger August Wilhelm durchsprechen.

Der gab ihm bei einem Gespräch im Antichambre des Herzogappartements sofort Recht. Die Wirkteppiche, die Spiegel mit versilberten Rahmen, die Nussbaumtische gaben ihm seine verlorene Contenance sofort zurück.

Sie ließen von den Lakaien ein Feuer anzünden und stellten als erstes fest, dass sie Herrscher und Barockfürsten waren. – Wie konnte ein durchleuchtiger Barockfürst nur auf die Gedanken kommen, die er vorhin gehabt hatte? Anton Ulrich wusste, dass sie weg waren, dass er sie gerade aber noch gehabt hatte und dass sie manchmal auch wiederkommen würden. ER WAR DER HERZOG! – Was würde es nützen, „eine Verschwörung aufzudecken" und ein paar Missetäter zu bestrafen? Dass so etwas überhaupt in seinem Herzogtum vorkommen konnte oder durfte, würde seine gesamte Autorität massiv untergraben. War denn die ganze Erleuchtigkeit seiner Person mit seinen

Jahren dahingegangen? Vielleicht war es der gewaltige Französische Macht- und Merkantilstaat, der sich auf diese Weise, über ein Komplott, an ihm reiben wollte. Aber die prästabilisierte Harmonie von Wort und Ding würde ihm in seinen Gedanken helfen. Die, die das atmosphärische Gift verbreiteten, hatten sich den Falschen ausgesucht.

Ich bin auch ein Mensch und den Bewegungen / sowol als andere unterworfen, hatte seine Aramena im fünften Band gesagt. Erschütterungen und Gemütsbewegungen musste er von sich fernhalten. Das höfische Gesetz schrieb „mâze" vor. Das Ziel war die Gelassenheit. Die Stoa, die er doch so gut kannte, sagte ihm alles, was zu tun war. Aber er war auch ein Affektwesen, das wusste er. Er wollte nicht getrieben sein wie seine Helden und Heldinnen. Kunst und Lust waren immer seine größten Lebensbegleiter gewesen. Aber er durfte sich zu nichts hinreißen lassen. Sein Geistwille musste sich behaupten, der zur Selbstbeherrschung nötig war. Ausgerichtet auf das Vollkommene als die tranquilitas animi. Das hatte er schon oft gedacht. Er musste jetzt in der Schule der Wirklichkeit lernen, sich in die Zügel zu nehmen. Denken hieß für ihn, wissenschaftlich zu denken und jede mögliche Wendung zu Gott dem Gefühl zu überlassen. War das nicht Zweifel an seiner Zeit und deren ganzer Philosophie?

Die Renaissance hatte doch vieles erst erkannt, als sie Gott aus dem Wege ging. Ja, er war katholisch geworden. Aber er wusste tief in seinem Inneren, dass die politischen Argumente vorgeschoben waren. Er hatte einfach erkannt, dass der milde Katholizismus besser war als der finstere Höllenfeuer-Protestantismus. Wissenschaftlich denken hieß klar denken, das hatte Descartes gesagt. Vielleicht waren es einfach Leute, die einen Herrscher vom Thron drängen wollten und die als erste damit angefangen hatten, die Atmosphäre im Land und im Schloss zu verderben. Er hatte bemerkt, dass in seinem Herzogtum die Preise für Brot und Lebensmittel gestiegen waren. Vielleicht versuchte man, wie Wallenstein und seine Helfer es getan hatten, neues, wertloses Geld zu prägen, damit die Leute hinter dem wertvollen alten Geld herkrochen. Bis zu einer Brotrevolte war es dann nicht mehr weit. Wenn alles stimmte, was er dachte, musste er die finden, die im Hintergrund standen. Vielleicht gar sein eigener Sohn? Nicht doch, der war sein zweites Ich geworden. Edikte, deren Zurücknahme, Nebenkriege, Scheinfrieden, Soldateska zu Zigtausenden zusammenziehen, davon hatte er, der 1633 erst geboren wurde, nur von seinem Vater gehört, der sich aber eigentlich fein herausgehalten hatte. Gott helfe mir, dachte er.

Er wusste nicht, ob Gott ihm helfen würde, denn auch ihn suchten Zweifel heim. So fremd ihm diese Zweifel waren, so wollte er sie doch kennen und verstehen. Als Evangelischer war er gewohnt, in sich hineinzusehen, als Katholischer hatte er die Beichte. Seine Gedanken waren so, wie der Zunder den Vorzustand eines brennenden Feuers deutet. Er hatte im Leben eigentlich immer Treffer gezogen.

Warum hatten sich die beiden Religionen überhaupt so in das Menschliche eingemischt? Er hatte gehört, dass es in Übersee andere Götter gab. Er liebte seine Untertanen, aber er wusste von ihnen, wie alle absolutistischen Fürsten, nichts. Er wusste: Wenn er dachte, dachte er in den Regeln der Grammatik. Und nach diesen Regeln hatte er auch seine Bücher konstruiert. Seine Schwester, die sich besser auf Sprache verstand, hatte damit begonnen. Als Knabe hatte er nur kindliche Ehrerbietung ihr gegenüber empfunden. Sie war ja nicht nur seine Schwester gewesen, sondern zum großen Teil auch seine Mutter und Erzieherin. Aber der verpflichtende Anspruch ihrer Autorität hatte sich bald gegeben, und sie waren schnell zusammengewachsen. Und im Gesellschaftlichen war sie ihm sowieso überlegen gewesen.

Es war eine keusche Liebe, die sie aneinandergebunden hatte. Für sie hatte es den Unterschied zwischen der Sinnenwelt und der Vernunftwelt nicht gegeben. Ihm hatte die Wirklichkeit, auch die politische Wirklichkeit, immer vernunftgemäßes Handeln abverlangt. *Ich finde / dass ich königlich / und wie mir obgelegen / gehandelt / und dass ich mich lasterhaft würde bezeiget haben / weil mich nicht mehr meines Reiches bästes / als etwann meine eigene Vergnügung / hätte dabei beobachten wollen* hatte er im fünften Band seiner Durchleuchtigen Aramena geschrieben. Vielleicht stand ihm jetzt, angesichts der Veränderungen in seinem Herzogtum, eine ähnliche Prüfung bevor. Er wusste: Die Welt war eine große Spiel-bühne. Aber wer der Autor war, der das Spiel, das sich scheinbar hinter seinem Rücken abspielte, inszeniert hatte, wusste er nicht. Er hatte als Regierender Herzog auch eine Verpflichtung. Im vierten Buch des IV. Bandes seiner Durchleuchtigen Aramena hatte er selbst beschrieben, wie die fremde Stadt Damaskus von Marsius mit seinen Kelten erobert wurde. Konnte ihm das nicht auch geschehen? Damals hatte er den Angriff von Celle und Hannover gerochen und war schnell nach Gotha geflüchtet, wo er sich einige Zeit aufgehalten und den Frieden abgewartet hatte. Er würde nichts Übereiltes tun. Das Glück war wandelbar.

Merkwürdig mutete ihn nur der Traum an, den er letzte Nacht gehabt hatte. Er weilte mit seiner gesamten Familie in seinem Lustschloss Salzdahlum, und die Lakaien sollten aus dem Keller Wein holen. – Er war oben, in einem der rückwärts gelegenen Zimmer, es war dunkel und er glaubte, es sei jemand im Raum. Er rief laut ins Halbdunkel: „Ist jemand im Raum?" – Seine Kinder kommen zurück, aber es ist niemand da. – Er ging mit seinem Vater in einen der Nebenräume, und sein Vater redete dabei klug und vornehm, sehr höfisch und herzoghaft, und er dachte: Was ich doch für einen großartigen Vater habe! Danach war er aufgewacht und hatte Schauer auf der Kopfhaut. Er wusste, er würde sich, trotz seiner Jahre, von vielem freimachen müssen.

Noch eineinhalb Stunden später hatte er Gänsehaut auf Kopf und Rücken. – War das ein Vorzeichen? Was war los mit ihm und seinem Land? Er wusste, dass er krank war, und er hatte Leibniz auch geschrieben, dass sein naher Tod wohl bevorstand. Wenn es soweit war, würde er die Seinen um sich versammeln und ihnen mitgeben, was er dachte und was sie zu tun hätten. Recht und Gerechtigkeit waren zu üben, und niemand war zu unterdrücken. Ein Herzog musste seine Untertanen als seine Kinder lieben. Das erwartete er auch von seinem Nachfolger. *Prahle nicht mit deinem Glanz, aber zeige dich so, dass andere erkennen, wer du bist.* Treue zu dem katholischen Kaiser war ihm wichtig geworden. Man sollte kein Geld zur Unzeit sparen. Wichtige Dinge sollten mit den Ehefrauen besprochen werden, *da der frauenrath öffters nicht zu verwerffen stehe.*

Draußen rührte sich irgendwas. Die Zimmer des Herzogappartements lagen eng nebeneinander wie Ställe. Es gab überall Durchgänge von Zimmer zu Zimmer. Im Treppenhaus musste etwas los sein, oder auf der Dienertreppe. Wenn sie durchs Antichambre oder die Nebenräume kamen, hatten sie leichtes Spiel, in sein Schlafzimmer einzudringen, das in dem äußersten Winkel des Schlosses lag. Auf der Galerie wartete eine Wachmannschaft. – Er floh vor dem immer stärker werdenden Lärm, den Stimmen und Geräuschen in die schmale Retirade, die rechts von seinem Schlafzimmer lag und in die man sich leicht zurückziehen konnte, und beobachtete, was in seinem Schlafzimmer geschah. Drei Mann in Soldatenuniform kamen durch die Garderobe gestürzt und fielen in sein Schlafzimmer ein.

Die Soldaten in der Galerie konnten nicht heraus, aber in diesem Augenblick verhinderten drei Leibwächter, die wohl von unten gekommen waren, das weitere Vordringen der Marodeure. – Es waren nur drei Mann, aber mit langen Dolchen bewaffnet, Waffen, die eine blutige Spur ziehen konnten. – Durch die schmale Tür zur Retirade konnte er alles verfolgen. Es war das Ich von seinem Augenblick nicht zu trennen. Es war dunkel, nur eine Kerze brannte, und er konnte fast nichts mehr sehen. Seine Leute hatten Hellebarden, die Angreifer nicht, und so wurden sie fast alle, drei gegen drei, niedergestochen. Er ging aus der Retirade zurück in sein Schlafzimmer. Was er sah, berührte ihn stark, obwohl er auch schon mal Kriegsgeschrei gehört hatte. Die drei Angreifer waren tot, seine Leute machten sich über sie her. Morgen würde er sie um drei Dienstgrade befördern.

Der Mensch / der Gott-gelassen /
Bleibt wie er einmal ist /
Er kan sich immer fassen / auf alle Fäll gerüst.

So hatte er im fünften Band seiner Aramena gedichtet. Der mystische Grundstein der Zeit hatte ihn gerettet. Das, was sich aus Leibniz „Monadologie" verwirklicht hatte. Er wusste noch nicht, wie ihm geschah. Aber das Ziel der Mystik war Läuterung des Menschen. Die Güte Gottes hatte ihn vor dem Tod bewahrt: *Ich bewundere viel mehr / wie weißlich Gott allemal die Hand über die Bösen hält / und sie nicht weitergehen lässt / als es ihm gefällt.* So hatte es Leibniz in seiner Monadologie beschrieben. *Ich kann nicht genug die wunderbare Regierung des höchsten betrachten / die derselbe hinieden auf erden … erscheinen lässet.* Das hatte er selbst im vierten Band der Aramena geschrieben, und jetzt verwirklichte es sich in seinem Leben. Das Reich der Natur und Gnade reichte ineinander. Waren es nur sogenannte Andersdenkende gewesen, die diesen Streich gewagt hatten? – Menschen, die sich in ihm geirrt hatten? – Er glaubte es nicht! – Es gab tatsächlich ein Vorhersehen im Traum, woraus folgte, dass die Zukunft genau festliegt. – Dann auch kein freier Wille!

Nachwort

Ich verdanke vieles in diesem Roman dem Reprint des dritten Bandes der „Aramena", den Büchern von Clemens Heselhaus, Rüdiger Klessmann und Fritz Mahlerwein. Sowie den opulenten Bildbänden von Hans-Henning Grote und Jochen Luckardt. Der Barock-Textsammlung von Albrecht Schöne, der Literaturgeschichte von de Boor / Newald, Ricarda Huchs „Der große Krieg in Deutschland" sowie den Barockvorlesungen von Richard Alewyn, in denen ich mit zweiundzwanzig Jahren auf Aton Ulrich aufmerksam gemacht wurde. Mein besonderer Dank gilt Dr. Josef Henke, ohne dessen Zeitkenntnis, Spiritualität und Umsicht dieses Buch nicht zustande gekommen wäre.

J. K.

Jens Korbus studierte Germanistik und Philosophie in Bonn und Düsseldorf. Mitarbeit an der Uni Düsseldorf und am Heine-Institut. Gymnasiallehrer und Mentor in der Referendarausbildung. 1988 erster Preisträger beim Fachinger Kulturpreis für seinen „Brief an Goethe". Er ist mit ungefähr 40 literarischen Veröffentlichungen hervorgetreten. Davon 8 Erzählungen über Goethe, sein Umfeld und Motive aus seinem Werk. **www.jenskorbus.de**

Weitere Bücher von Jens Korbus

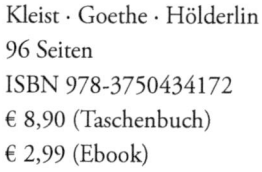

Kleist · Goethe · Hölderlin
96 Seiten
ISBN 978-3750434172
€ 8,90 (Taschenbuch)
€ 2,99 (Ebook)

Das Geschenk & Karlsbad tanzt
Zwei Erzählungen über Goethe
84 Seiten
ISBN 978-3749433322
€ 8,90 (Taschenbuch)
€ 2,99 (Ebook)

Mein Goethe
396 Seiten
ISBN 978-3752832297
€ 15,90 (Taschenbuch)
€ 6,49 (Ebook)